一路生花

叶玉环 著

中国出版集团　现代出版社

图书在版编目（CIP）数据

一路生花 / 叶玉环著. —— 北京：现代出版社，2023.9

（2022珍珠湾文丛）

ISBN 978-7-5231-0504-7

Ⅰ．①一… Ⅱ．①叶… Ⅲ．①散文集－中国－当代 Ⅳ．①I267

中国国家版本馆CIP数据核字（2023）第151499号

一路生花

作　　者	叶玉环
责任编辑	刘　刚
出版发行	现代出版社
地　　址	北京市安定门外安华里504号
邮政编码	100011
电　　话	010-64267325　010-64245264（兼传真）
网　　址	www.1980xd.com
印　　刷	成都市兴雅致印务有限责任公司
开　　本	880mm×1230mm　1/32
印　　张	27
字　　数	595千
版　　次	2023年9月第1版　2023年9月第1次印刷
书　　号	ISBN 978-7-5231-0504-7
定　　价	180.00元（全4册）

版权所有，翻印必究；未经许可，不得转载

总　序

　　厦门历来是祖国东南的重要口岸，是与世界各地进行经济文化交流的重要门户。厦门文学自宋代开始，经过一代又一代文学人的努力，已经形成自己的优势和特色。在当今中国实现国家富强、民族振兴、人民幸福的中国梦的伟大征程和现实语境中，面对新的生活实践，厦门文学的使命又有了新的内容——厦门市委、市政府高度重视文化事业，提出着力建设"文化中心、艺术之城、音乐之岛"，弘扬闽南文化、嘉庚文化、海洋文化等文化的优势，打造厦门地方特色文化品牌的目标。而弘扬地方文化优势，树立文化品牌，文学是中坚力量，不仅体现在其自身的创作深度上，而且体现在对于其他艺术门类的影响和带动上。这样，新时代带给文学新生机，也给厦门文学发展提出了更高更新的要求。

　　为了繁荣我市文学创作，提升厦门文化软实力，推动社会主义核心价值体系建设，同时也为了发现、培养、鼓励文学新人，大力推进厦门作家队伍建设，厦门市文联拨付专项资金，大力扶持厦门作家的作品出版，资助的作品体裁包括小说、散文、诗歌、报告文学、儿童文学、文学评论等。因厦门市文联办公地点毗邻美丽的珍珠湾海滩，我们将该作家扶持项目命名为"珍珠湾文丛"。

"珍珠湾文丛"每年度出版一辑，每辑收录若干部本市作家的优秀作品。期待每年推出的"珍珠湾文丛"，能不断地为厦门市文学生态注入新鲜血液；厦门作家的写作实绩和专业水平，也会通过文丛得以全面展现。

这是文学的信心和希望，春种秋收，让我们乐观其成。

厦门市作家协会

代 启

一路生花

从19岁到49岁，整整30年，生活发生了翻天覆地的变化。岁月的河流，带走了街头电话亭、寻呼机、大哥大、等离子电视机等曾经各领风骚数年的物品。而我依然爱着文学，初心不变。

从19岁到49岁，从一个初入社会的"小白"到拥有高级职称的社会"老鸟"，虽颇历坎坷但也算闯关成功。一路上，我爱写作，乐于书写时代赐予的苦辣酸甜。

从19岁到49岁，从一个憧憬爱情、身轻如燕的小姑娘长成了一个中年"胖依姆"，我依然爱文字，爱它的千折百转、无言相伴。

如果说岁月真是一条河流，那么我要真诚地感谢手中的笔，是它让我记住了爱的悸动、爱的缠绵以及曾经的苦闷和喜悦。

回首往事，才知道只有在生活的烟火气中熏烤、在各种乱麻中突围，才能成为今天更好的自己。

一路上，需要感谢的人很多，我的启蒙老师张沧海先生、一直为我打气的黄红湖老师以及 黄秋苇 、黄静芬、萧春雷、卢晓波、朱睿斌、刘凉军、晏凤利、宋智明、王耀杰、巫海鹰、陈少英等编辑老师，他们不畏艰难，一点一滴地将我作品中最闪亮的部分挖掘出来。我还要感谢我的先生，他无怨无悔地陪我蹚过岁月的泥泞。我更要感谢傅燕美姐姐，她全家都给予我无数的温暖和帮助。

800多篇已刊发的文章，我选出了其中的100多篇。它们是我生命里的果实，有的依然酸涩，有的已然芬芳，但都有极真的滋味。

　　我个人最喜欢的是《叫不出你的名》《今夜有灯不寂寞》《伊是阮厝边》《一扇永远的家门》《执灯的母亲》《又见枇杷》《在一块砖上跳舞》《断了带的书包》《小茉莉的渴望》《夜路》《阿莲》《我的八中我的梦》《我的电校我的师》等，它们是我的青春、我的怅惘。它们为我带来各种荣誉，比如厦门市"五一"新闻奖，比如全国、省、市各项征文奖，入选《厦门十年优秀散文作品选》等。但我知道，无论是否获奖，它们都是我的孩子，是时光孕育了它们的生命。

　　我很高兴，30年的坚持，用岁月酿成的醇酒，以"珍珠湾文丛"的方式呈现给大家。

　　走着走着，花就开了。

　　写着写着，就结集了。

　　但愿你们也喜欢。

叶玉环
2023年8月1日

目录
CONTENTS

第一辑
人生况味：那些爱过的、恨过的、错过的、遗憾过的

叫不出你的名	002
又见枇杷	004
伊是阮厝边	006
今夜有灯不寂寞	008
一扇永远的家门	010
书写自己的档案	012
学做一朵向阳花	014
追忆"六畜兴旺"	016
风吹饼	018
那一树合欢花	020

第二辑
深爱这座城：深爱脚下的土地，爱它的"爱拼才会赢""明天会更好"

集美：集天下之美 …………………… 024

一湾春水共潮生 …………………… 027

我的莲花 …………………………… 029

有一种幸福叫"在厦门办事" ……… 032

"厦门号"带来的启迪 ……………… 034

希望和梦想从那里生长 …………… 036

我的邻居变"阔"了 ………………… 038

我们有个共同的名字叫"红马甲" … 040

第三辑
关于爱情：那些浓情的、蜜意的，那些忐忑的、尴尬的，那些等待和无奈

穿越炮火的爱恋 …………………… 044

一次付出的终身收获 ……………… 047

爱相随 ……………………………… 049

她是他五十六载的贤妻 …………… 051

长发，为你蓄满柔情 ……………… 053

盼当新娘 …………………………… **055**

哦，那道绿色的铁栅栏 …………… **057**

爱是一枚纽扣 ……………………… **059**

美　丽 ……………………………… **060**

情感按钮 …………………………… **062**

母亲去做客 ………………………… **064**

第四辑
女儿心：最柔最软的心酿就最真最纯的酒

编　织 ……………………………… **068**

是花就该倾尽终生芬芳 …………… **070**

挂在树梢上的期盼 ………………… **072**

小茉莉的渴望 ……………………… **074**

第五辑
母与女：世间的母女是怎样的缘分？我们曾相厌，但最终仍相爱

恨过母亲 …………………………… **078**

执灯的母亲 ………………………… **080**

003

一串冰糖葫芦 …………………………… 082

老人当幼仔 ……………………………… 084

母亲的背 ………………………………… 086

爱上旅游的母亲 ………………………… 088

第六辑
父与女：我们是经过了怎样的缘分才能成为互相守护的人

爱，要怎么说 …………………………… 092

健康是福 ………………………………… 094

竹编往事 ………………………………… 096

父亲博饼 ………………………………… 098

第七辑
母与子：这世间生死相连的纽带

致儿子 …………………………………… 102

儿行千里　有爱相依 …………………… 104

想要花还是树 …………………………… 106

五岁儿子教我做环保 …………………… 109

第八辑
往事如风：我们在往事中成长、成熟，却越长大越怀念过往

断了带的书包 …………………… 112

我不认识你 …………………… 114

松针岁月 …………………… 116

露天的心情 …………………… 118

火　花 …………………… 120

寂寞的传呼 …………………… 122

难忘露天电影 …………………… 123

第九辑
有趣的灵魂：那些深交的、浅识的、擦肩而过的、需要深深铭记的

大爱黄仲咸 …………………… 126

感谢有你照亮 …………………… 128

"拉风"阿姨 …………………… 130

沧海老师 …………………… 132

阿　莲 …………………… 134

卖菜的"百合花" …………………… 136

舅舅刘工 …………………………… **138**

一诺便是永远 ………………………… **140**

有些遗憾无可弥补 …………………… **142**

让子女永远感恩的母亲 ……………… **145**

她像一束温暖的光 …………………… **149**

无怨无悔"守林人" …………………… **151**

有友如芳是福气 ……………………… **154**

阿　婆 ………………………………… **156**

林子大了 ……………………………… **158**

金门阿不拉 …………………………… **160**

年过八旬的老舞星 …………………… **162**

丑角的快乐人生 ……………………… **164**

耄耋"球员" …………………………… **166**

第十辑
城市巨变：我很庆幸生活在这个时代，见证它的快速成长

从赤脚仙到飞机客 …………………… **170**

电话里的家 …………………………… **173**

岁月烟火 ……………………………… **175**

第十一辑
打工岁月：那些暗路，终因付出努力而镶了金边

夜　路 …………………………………… 178
在一块砖上跳舞 …………………………… 180

第十二辑
人生滋养：感恩生命里拥有的一切，无论是悲伤的，还是惆怅的

我的电校我的师 …………………………… 184
我的八中我的梦 …………………………… 189
若爱，请深爱 ……………………………… 194

第十三辑
读书时光：愿书香弥漫你的人生、温暖你的梦

眼睛明亮 …………………………………… 198
担当的荣光 ………………………………… 201
一诺千金：许自己一个未来 ……………… 202
感谢《老照片》这艘渡船 ………………… 204

第十四辑
风物：走过的路都成了风景，看过的风景铸就了心田

福田心造　培田育人 …………… **208**

百花厅里百花俏 ………………… **215**

车马闹市状元堂 ………………… **217**

微风轻拂溪头下 ………………… **219**

遗落凡间的珍珠 ………………… **221**

莲花之名人：山水之间育英才 ……… **226**

莲花之传说：融合真善美 ………… **229**

第十五辑
人生感悟：我们终是寄于凡尘，但只要内心充盈，就是圆满

将温暖覆盖到每一寸土地 …………… **234**

凡是过往　皆是营养 ……………… **236**

没经别人的路　不知别人的苦 …… **239**

四十五岁后，人生只剩三件事 …… **242**

面对有伤痕的"苹果" ……………… **245**

不梳头不看花 …………………… **247**

地下通道 ………………………… **249**

带着一把草去远行 ………………… **250**

宠猫爬灶，宠儿不孝 ………………… **252**

附录　叶玉环获奖情况（摘录） ………………… **253**

第一辑

人生况味：那些爱过的、恨过的、错过的、遗憾过的

叫不出你的名

国庆节前,同学瑜很热心地在群里喊:毕业30年了,咱们聚聚吧。

30年,仿佛一眨眼间。

犹记得读初中时最快乐的事是放寒假。一大群农家孩子,终于可以穿着新衣服,理所当然地放下家务活,骑上自行车"找同学去"。

串一家门就多一个人。然后,一群人浩浩荡荡、叽叽喳喳地穿行在乡间小路上,笑声放肆,无忧无虑。

国庆节当天,32个同学都放下手中的活,有一个同学还坐飞机从新加坡赶回来。

见面的瞬间,忽然感觉明显"货不对板"。

印象中的青春少年去哪儿啦?男同学有的头发掉了,有的双鬓白了。

曾经的俊美少女去哪儿啦?女同学有的明显胖了一圈,有的又瘦得厉害。

一见面,多年不见的同学甚至有些生涩,想问名字却又不敢声张。还好老班长在学校任职,对这种场合见怪不怪,他说:"大家很久不见,做下自我介绍吧!"

每个同学似乎心中稍稍释然,叫不出同学名字的愧疚和尴尬也悄悄缓解了。

听着每个同学的自我介绍,心中的记忆忽然被激活。对啦,这个就是我们班曾经的情圣,为了追女朋友走了10千米路。对啦,这个就是当年的小不点儿,现在长成全班体量最大的啦。

岁月真是一把刀,它刻画出生活的雨雪风霜、职业的点滴印痕。

但是,透过皱纹,透过眼镜,我们依稀看到当初那不谙世事的绝美少年和纯情少女。

生活给了大家不同的考题,答卷不同,回报不同。

给了有的人一帆风顺的生活,岁月静好,皱纹很少;给了有的人颠沛流离的生活,起起落落,白发多多;有的人位居高堂见多识广;有的人老家务农固守一隅。

但只要是努力的人都值得尊重。我们依然是同学,是师出同门的同学。

漫漫人生长河里,我们曾经在某段时间同时踏入那条河,那里有我们最纯洁的底色,那里不仅有山岚有禾麦,还有我们同样的不羁爱自由。

我们一起唱过的歌,我们一起读过的书,它们都晕染成我们的记忆。

有同学说:我都忘记了我曾经青春过。

我想说:你青春的钥匙在同学们手中,他们一直珍藏着关于你的青春记忆。

30年,也许忙碌于养儿育女、为生活奔波,但记忆深处一定有同学情,那里没有柴米油盐,只有琅琅书声。

那里,还有我们德高望重的老师。那些跋山涉水从市区到山区教书的老师,把最美好的岁月留在最贫瘠的山乡。

同学会后,拿到制作精美的合影。我心里悄悄对它许愿说:但愿哪天我成了"老古董",还记得那些青春的花儿,那些青春的伴儿。

还记得——你我曾经是同学。或许,那时已叫不出你的名。

2018年11月20日刊于《厦门日报》城市副刊;发布于公众号"厦门叶玉环 与你温暖同行"

又见枇杷

春雨,不设防地下了起来,我狼狈地窜出公交车,拐进逼仄的小巷。突然,我发现潮湿的街角,一堆黄灿灿的东西闪着耀眼的光——枇杷!

又见枇杷。我的眼泪突然就掉了下来。

15年前的3月,春雨季,为了一颗枇杷,我四处寻觅,可就是不见踪影。卖水果的人说:"早呢,才挂果呢。"

可是,我最亲最爱的那个人,我那已经瘦得皮包骨的父亲,正眼巴巴地等着我。后来,我奔往超市,买到那在冻库里沉睡很久已经有点蔫的枇杷。父亲看到黄灿灿的枇杷,原本垂着的眼睛似乎都发出了光,他狼吞虎咽地吃着,然后有点失望地咂咂嘴,说:"怎么一点都不酸呢?是不是我的味觉也没了呢?"

我也有些失望,父亲怎么不夸夸他的女儿呢?以前我每次做了一点点事,他都要夸的呀,我想父亲可能是忘了。

我越发地盼望枇杷成熟,可树上的枇杷都只有小指头大小,青青的。可能是因为没有太阳的缘故吧。没有太阳的春天,只有不出声的雨,还有父亲不时的咳喘。

受不了父亲那期盼的眼光,我又买了几次枇杷,可总得不到父亲的欢心。我偷偷尝了下那昂贵的枇杷,果然淡而无味。于是,我日夜盼着自家的枇杷快快成熟。

家里的土种出的枇杷,小小的,圆圆的,看着不起眼,可是一咬,呵,那真是酸中带甜、甜中带酸,令人满口生津。那,才是真正的枇杷味呀。

每次摘枇杷,父亲总把枝头上最甜的那些给我们兄妹及他的弟妹。他一贯如此,最好的,从不曾留给自己。从前13张嗷嗷待哺的嘴,让身为家中长子的父亲只得放弃岛内的工作,回家当个彻彻底底的农民。只有偶尔夜晚惆怅的南音、一手漂亮的毛笔字才能证明他曾经是个多才多艺的厂团干、读书人。父亲健硕坚强,但过度的劳累和节俭使他日渐消瘦、不断咳喘。

我日夜盼望着枇杷早点变大变黄,可是,那棵不解风情的枇杷树,果子依然是瘦小青涩的样子,枉我空对它说了一大堆许愿的话。

父亲却一日日地憔悴了,很多时候,他半躺在床上,不时地咳嗽。有一天,他突然让我扶他到门口晒太阳。在那难得的春阳里,父亲很仔细地观察枇杷,可果子仍像青枣似的,父亲微微叹了口气。我说:"爸爸,天晴了枇杷就会熟得快,到时给你摘最甜的那颗。"父亲笑了。

食管癌的折磨,沁入骨头的痛,令父亲像个纸片人似的,但父亲很少抱怨,只心心念念着枇杷。可枇杷较劲儿似的,死活不肯变黄。熬了快一个月,枇杷终于有了一点点黄色,可父亲却走了。

后来,那树枇杷熟了,我却恨得一个也不肯吃,任它一个个掉落下来。

后来的后来,我希望那树枇杷永远不黄,这样我就还有父亲在。即使是纸片似的。

2017年3月22日刊于《厦门日报》城市副刊;发布于公众号"厦门叶玉环 与你温暖同行"

第一辑 人生况味:那些爱过的、恨过的、错过的、遗憾过的

伊是阮厝边

站在那铺着红色大砖的埕上与金门古民居照相，妈妈说："咦，这不是咱同安老宅吗？只是比较干净罢了。"

站在士林夜市，妈妈紧盯着摊主煎海蛎："到底有什么不同啊？海蛎、鸡蛋、地瓜粉，连手法都跟我的一样。"

远远地在著名的101前拍照，妈妈还是一脸疑惑："这楼有什么特别的呀？厦门岛内不都这样，高高瘦瘦的，像根冰棒似的，你们不天天看腻了？"

初到台湾省，65岁的妈妈比9岁的儿子还难缠，一路一直问为什么，失望一直写在她脸上。

直到登上了101，俯视台北的璀璨美景，她才说："哇，景色真是美极了，就是脚有点软。这得多高哇？"

直到爬上了阿里山，她才说："呀，这神木真是好高好大呀，如果在老家，早就被人砍了当房梁了。"

直到来到日月潭边，她才说："嗯，这水真清啊，我们以前也有这么清澈见底的水，可是后来都被破坏了。"

直到站在野柳女王头像前，她才说："对，我们海边也有风景，但这儿没有垃圾，也不挤人。"

直到穿行在大街小巷，她才说："哦，这儿真的好干净，人也很客气。"

妈妈的心里一直有一个台湾情结。台湾省有妈妈最爱的歌曲，叶启田、江惠、邓丽君，有《酒干倘卖无》《爱拼才会赢》《车站》……柔软的闽南歌寄托着浪漫情怀。妈妈最喜欢那首歌是"日头这呢大,天气这呢热,阿爸你甘会嘴干……"妈妈小时就没有了父亲,有着至亲的台湾省便成了妈妈无尽的牵挂。

数十年的思念、想象变成了实实在在的一沓照片和一堆土特产,虽然亲人仍杳无踪迹,但看出妈妈还是满意的。

最后一天,我们准备离开了,妈妈却又四处寻觅。问她找什么,她说,找"菜豆"(蔡导)呢。蔡导也是60多岁,是退役的空军,老家在东北。妈妈似乎和他有说不完的话。

临行时,妈妈还跟"菜豆"聊半天,都是关于数十年前的往事,仿佛他们认识了很久很久似的。

"菜豆"为此特地唱了很多台湾地区的阿兵哥怀念家乡的歌,妈妈和同车的老姐妹们则唱起了《鼓浪屿之波》——"我渴望,我渴望,快快见到你,美丽的基隆港……"好多人的眼里都含了泪。

因为,年近花甲的他们唱的是同一段永远难忘的青春岁月,一段骨肉相连、唇齿相依的岁月。人海茫茫,他们就此一别,也许今生将无缘再见了。

飞机穿过台湾海峡,我问妈妈:"看你们聊得那么投缘,你觉得'菜豆'是你什么人哪?"

妈妈不假思索地说:"伊是阮厝边。"(闽南语:他是我邻居。)

此文2013年7月28日于《旺报》首刊,后被《中国政协报》、中时电子网、人民网、中华网、天涯网、环球风云网、天津网、《平潭时报》等多个媒体转载;入选《厦门十年(2004—2013)优秀散文卷》;发布于公众号"厦门叶玉环 与你温暖同行"

今夜有灯不寂寞

深夜两点,坐在的士里。

城市白天的喧哗已不再,连繁华的马路也渐渐沉寂。这样有着徐徐秋风的夜正好入眠,而我还在路上奔波。想到这儿,不禁有点顾影自怜。

正在沉思中,目的地到了,赶紧找钱付车费。下车时好心的司机看我一副魂不守舍的样子,说:"小心点!幸好上面还有一盏灯亮着,夜还不太黑。"我抬头,黑漆漆的仙岳山令人心寒。而属于自己的那套房子的阳台上居然亮着一盏灯,在黑夜里特别醒目。那柔和的灯光,穿过黑夜的冷寂,一下子温暖了心扉。

五步并作三步,我冲上了四楼。然后,轻手轻脚地打开门。滨早已休息,这是肯定的,他是极有生活规律的人。晚上超过23:00还不休息对他来说不太现实。客厅的玻璃门开着,阳台上的灯光也来做客,还捎着秋风,但这时的秋风也是暖和的。桌子上压了一张字条:"不等你回来了,我先睡了,我让灯儿代我等你回来。它就是我的眼睛。只有你回来了,那期待的眼睛才能够安歇!晚安!"

熄了灯,静静地坐在沙发上。

那些字句让我不禁泪湿。一直做自己想做的事,日日奔波在旅途中,对家,我是愧疚的,我一直不是个好太太,家务做得不好不说,最重要的是一直都风风火火,待在家里时间不长。有时自己都不好意思,但他一直未曾责怪我。实在乱得不行了,就跟我说:"欢迎小狗回狗窝!"令我汗颜。

曾经写过一篇《夜路》,希望在夜路里有人给我一盏灯。而他,是我寻觅到的灯。记得第一次说起灯时，我们都寄居在这座城市的某个屋檐下。那时望着迷人的万盏灯火，我说："真想在这里有盏属于自己的灯！"他立即接口："让我们一起努力吧！"于是我就喜欢上了这个一脸诚意的男孩。他从没许诺过什么，只是实实在在地说："一起努力！"努力的结果是我们在这座城市有了一个家，而更让我感动的是他一直支持我写作，在被认为是痴人说梦时，他是我唯一的忠实的读者。生活中他更是给予了我全面关心，无论何时，总会惦记着我的喜好。有一次，我说起爱吃柚子，他竟拎着一麻袋柚子回家……

坐着坐着，我突然想到几个字，写下来，是这样的一句话——"今夜有灯不寂寞！"

2001年10月31日刊于《海峡生活报》，2002年7月21日转发于《泉州晚报》

一扇永远的家门

一直深深地记得，我家那扇木质大门，那厚重得连子弹也穿不透的大门，曾给我许多安全感。当我还是个小女孩时，常常喜欢躺在石头制成的门槛上仰望大门的伟岸，然后欣喜地发现那门槛越变越矮——

那扇木质大门，承载了一个小女孩关于家门的所有念想：关起，便有安全；打开，便有世界。

越长大，进出的门就越多，渐渐地，我似乎更迷恋不锈钢门的锃亮、防盗门的安全、电动门的方便，那吱吱作响的老木门，似乎成了老旧岁月的一个影子，变得令人难以忍受。我自是不肯再贴着它的身子，倚着它等待父母亲的归来。

直到父亲病了。父亲病得很重，是食管癌。相对于爱唠叨和爱发脾气的母亲，父亲一直是沉默的。母亲一肚子苦水常常会泼向她的孩子，而父亲却从不曾向我们倾诉过什么，他总是早早地出门，晚晚地回家，把全部力气花在土地上。常常是正午时分，仍在田里劳作。父亲后来成为全村少有的万元户，这令他很是自豪。但父亲也有难过的时候，这时，他会打开收音机，或是放放唱片，或是关起门来一个人唱起戏文，他常常唱的是《雪梅教子》。在我记忆中，父亲唱完《雪梅教子》后的一个月内，家里总是和谐温馨的。

小时候，与父亲在一起的时光，常常是我在油灯下写字，而父亲在一旁静静地看着。最快乐的是夏天，田里青蛙唱着歌，我沉沉地睡了，却被叫醒了，迷迷糊糊中，一碗香喷喷的蛙肉面线摆在我面前，我美滋滋地吃完面线，倒头就睡，那时的父亲满脸都是笑意。

那是一个孩子最美的回忆。

父亲生病后,我常常坐近两个小时的公交车回去看他,我满是心疼,父亲却从不喊疼。父亲走后当天,我坐在门槛上倚着老木门大哭——父亲走了,把我的童年也带走了。没有人记得曾有个乖巧的小女孩,一整天不敢逾越家门半步,只因为爸爸吩咐:你要看好家门,等爸爸回来。

家门,就是门后有等待你的人,有珍爱你的人,有包容你的人,有愿意陪你一起哭一起笑的人,有愿意为你挡风遮雨的人。

家门,无论它多么破旧,永远记载着成长的历史。

父亲离开越久,我越是思念父亲。感谢父亲,让我拥有一扇永远的家门;感谢父亲,用他那坚强的臂膀,帮我挡住了生活的风风雨雨,让我有机会推开另一扇锃亮的门,走进我渴望的纷繁世界。

2017年6月5日刊于《厦门日报》城市副刊

书写自己的档案

很偶然地，我因为工作关系，打开了一份老档案。灰扑扑的牛皮纸档案袋上，似乎落满岁月的尘埃。

但跳入眼帘的，却是一张充满青春活力的笑脸。那是个十七八岁的如花女孩，巧笑嫣然，纯净无瑕的眼睛澄亮透明，在她眼里，似乎有大把大把的青春和梦想，连微微上翘的嘴角，似乎也调皮地显示出主人的活力劲儿。这是一名护士。接下来，我看到的是她戴着护士帽严谨认真的劲儿，她嘴巴微抿，展示着自己的亲和。然后，是该名护士的"三八红旗手"申报表，剪着干练短发的她似乎已有某种小小的富态，微微上扬的下巴开始丰满，脸上透着坚毅的目光，有种权威似的优越感，嘴角抿成一条线。再然后，是一张退休申请表，岁月如刀，鱼尾纹在她脸上占了很大篇幅，而耷拉下来的眼皮，遮住了曾经水汪汪的眼睛。最后一张，居然是一张死亡证书，那些硬邦邦的文字，如石头一样狠狠地撞击了我的心。

我见过老人的老去，他们如脱水的蔬菜，一点一点地干瘪；如山中的石头，一点一点地风化。那是一段漫长的过程，因为漫长，所以不觉得突兀。而现在，看到那静静的档案，跳跃似的变幻着生死；看到那如花似玉般的容貌，最后竟也香消玉殒，化成尘世间的无名尘埃，我心中忍不住好一阵哀伤。

好在，还有档案，记取了她曾经的欢颜、曾经的梦想、曾经的微笑。

都说"住过必有邻居，走过必有痕迹"。可是，如果没有档案，我们是否能清晰地记起曾经的故事、曾经唱过的歌、曾经交过的朋友？岁月如流沙，一不小心，就从我们的指缝间偷偷地溜走。我曾经见过一位老人，在暖暖的午后，一遍遍地细看、抚摸她那发黄的相册。她紧紧地抱着相册，像抱着她所有温暖的过往。

如果没有档案，谁来记录历史、记住昨天？如果没有昨天，怎么可能有鲜活的今天、充满梦想的明天？

档案，真实地记录了昨天。档案，更是过往的历历再现。我们都是写历史的人，因为我们每个人每天都在书写着自己的悲欢离合，然后汇成这滚滚红尘。

选用格式化的语言，一板一眼地记录曾经，或是选用个性化的语言，以特殊的材质记取昨天，是每个人的选择。而城市因为个人而丰满，因为曾经的血泪和汗水而不断坚强，因为档案而保存清晰的记忆，令一切过往恍如昨天。

在这个风起云涌的时代，在这座温情脉脉的城市，让我们认真地生活，认真地记下曾经的潮涨潮落、曾经的风生水起、曾经的跌宕起伏、曾经的峰回路转……一切风流终归东流去，留取档案任后人评说！

2013年4月10日刊于《厦门日报》城市副刊；于厦门市档案局（馆）与厦门日报社联合举办的"兰台之光"征文中获二等奖

学做一朵向阳花

晨起,拉开窗帘,筼筜湖一览无余,烟锁长堤、雾气迷蒙,一叶扁舟横在湖面。窗外小雨淅沥,又是一个恼人的雨天。

走到阳台,看那细细碎碎的太阳花丛里,居然冒出了五六个蓓蕾,它们亭亭玉立,就像群舞中的小仙子,骄傲地昂着天鹅般的脖颈。突然间,心情大好。原本堵在胸口那股黏湿的烦忧感,突然像被一阵风带走了。

太阳花,是我阳台上的新宠。有一段时间,阳台成了我的花草试验田,我先后种了很多花花草草,牡丹、芍药、月季、玫瑰、兰花、发财树、多肉植物……可惜,好不容易看着它们拱出土,慢慢发芽、抽叶,正待欢欣鼓舞时,林林总总的原因让它们慢慢失去了鲜活。

老话说,要"一日三省吾身",我一直在反省,是不是我不适合种花?不然怎么老是"辣手摧花",徒栽满腹难过。

直到遇到了那株太阳花,我重拾了信心。我去永春寻访魁星寺时,在路边偶遇一片太阳花,长在向阳的半山上,薄如蝉翼的花瓣,在风中轻轻摇曳,美得像可爱的精灵,令我忍不住折了一枝回来。

回家后,我把太阳花茎插在土里,像以往养花一样,有空就浇水,忙起来就忘了。几天后难得闲暇,一看,太阳花居然抽芽了。再几天,太阳花居然长得很茂盛了。现在,居然冒出了许多花蕾,令人惊喜。

我发现,太阳花的叶茎就像骆驼的驼峰一样,是个神奇的储存器。水分充足时,饱满膨胀。水分不足时,打蔫下垂。而像我这样

"青黄不接"地浇水培土，居然也能迎来太阳花初夏时的盛大花期。

站在阳台，看着绽放的蓓蕾，想象它们张开笑脸时的迷人模样，这些绛紫花、土黄蕊，在风中轻盈摇曳时，有种自由的美。此时的它们一定会忘了主人"三不五时"的健忘，以及时而泛滥、时而枯竭的给养。

就像花选择不了主人一样，人选择不了出身，选择不了会遇到什么样的人。很多时候，我们是不自由的。只有晴时储水、雨时控水，学会自我调节，才能真正拥有人生的自由。

一朵太阳花，教我做一株向阳花，雨天来时保有干爽的心境，迎接或淅沥或倾盆的雨；酷暑来时，保持清凉的心境，迎接或温柔或暴虐的日光。生命是一杆秤，调节轻重的秤砣，在自己的心里。

2022年7月5日刊于《厦门日报》城市副刊；发布于公众号"厦门叶玉环　与你温暖同行"

追忆"六畜兴旺"

年渐渐近了。红红的对联就该准备起来,暖暖的祝福就要来了。

想到小时候,拿着一大捆红彤彤的红纸求"秀才"书写春联时那种盼望过年的期待,突然没来由地怀念起"六畜兴旺"。现在,大抵是没人再写这四个字了。

以前,在我抱回的一大堆"金玉满堂""五谷丰登"中,必定有一张"六畜兴旺"。那时的我总爱打趣父亲:"这对联贴在门上、窗上、粮仓上,是给我们看的。那贴在猪圈牛舍,难道是给猪和牛看的?难道它们就会长得更好吗?简直白白花了钱。"

父亲总是笑笑,也不解释,只是搬了凳子到猪圈前,踮起脚,郑重其事、端端正正地贴上,然后眉眼含笑地端详着。贴上红底黑字"六畜兴旺"的土坯猪圈,似乎多了墨水清香和些许韵味。

父亲母亲长年风吹日晒,种了稻谷花生养活一家老小,日子过得紧巴巴。猪圈里那些每天被好生侍候的"仁兄",便是一家人新衣、学费和人情费用的来源。

每到年关,养了近一年的猪要出栏时,便是一家人的大日子。母亲勤勉能干,家里的猪总长得干干净净、白白胖胖。母亲从不喂猪吃饲料,总是拿地瓜藤叶和剩饭剩菜养猪。所以,我家的猪经常早早被预订作年猪。出栏的高光时刻,"大功臣"母亲永远不肯走到猪栏前,说是会忍不住流泪,那时我总爱嘲笑母亲多情。

自从我自己开始种花养鱼后,才明白,每种生命都有自己的脾气,有的花喜阳,有的花厌水,如果不顺着它,只按自己想法蛮干,它们就会干死或涝死。即使是小小孔雀鱼,也要按它的法则喂,否则它们能把自己撑死。

想想，要把"六畜兴旺"作为一大家子交学费、买新衣服的指望，母亲该投入多大的心思和感情。记得有一次，她出门做客，没待一会儿就急急往家赶，因为忘记给牛喂水怕它渴着了，我们姐妹几个还一直取笑母亲。有一次母猪生崽，母亲一晚都没睡。她说，养了就要认真养，用心用情才能"六畜兴旺"。

等到我出差几天，也一直牵挂着家里的花和鱼时，我才明白母亲牵肠挂肚的担心和父亲眉眼含笑的期待。

年岁渐长，我慢慢明白，我怀念"六畜兴旺"，并不是单纯地怀念贴在那里的对联和那摇头晃脑的"二师兄"，更不是怀念那终日劳碌却只能勉强填饱肚皮的日子，而是怀念能够轻松蹦上蹦下的年轻父亲，怀念那个在父母宠爱下有些任性的自己。

年岁渐长后，我再不敢嘲笑或打趣任何人了。因为每个人都是生活里的真心英雄，包括在大地上苦苦奔波的众生。只要有暖、有爱，有全情的付出、有满心的期望，那就是好生活吧。

2022年1月10日刊于《厦门日报》城市副刊；被列入2022年1月12日《厦门日报》"夜读"栏目

风吹饼

走出小店，想了又想，我又返回去买了一大提风吹饼，饼上面写着："还记得校门口阿嬷卖的大圆饼吗？"

过了45岁，对饼之类的食品似乎有了"免疫力"——高糖又没营养，更多的时候是避而远之的。

而它不一样，这种能让我回头的饼叫风吹饼。圆圆的、薄薄的、脆脆的，风一吹就能飞走，是地瓜或南瓜做成的薄饼。

看着眼前的风吹饼，我不禁想起小时候。犹记得小学一年级时，我们在村里的祖祠上课，到了二年级，才搬到崭新的莲花中心小学读书。那时的校门口，每当下课后，有摇着铃铛卖冰棒的，有卖腌桃的，还有一位胖胖的老婆婆静静地在卖风吹饼……

最诱人的是卖海蛎饼的小摊，在沸腾的油锅里，海蛎饼慢慢地膨胀，变得焦黄，散发出诱人的味道……每当这时，我总是如"风一样的女子"快步跑过。因为，停留太久诱惑更大呀。

家里能供我读书已是不易，校门口的诱惑时时都在，小时候是海蛎饼，后来到福州读书时是萨其马。热乎乎新鲜出炉的萨其马，在寒冷的榕城之夜实在香气诱人。但它和海蛎饼一样——都挺贵。

所以，嘴馋的时候，我就吃风吹饼，边咬着风吹饼边看书是我难得的休闲时光。风吹饼，朴实无华、入口即化。虽不贵却不俗，熨帖着我的胃，也慰藉着我的乡愁。

前些天听到一首闽南语歌曲《阿嬷的话》，忍不住泪流满面。我的生命里偏偏少了那个无微不至、无所不能的阿嬷。只能吃着风吹饼，想着自己虽没有"守护神"般的阿嬷，但一路上也有幸遇到很多给予我温暖的贵人，像无私帮助我引领我走上文学之路的张沧海老师，一直微笑鼓励我的黄红湖老师……

一片片风吹饼在手，就像风薄薄地吹起记忆——那是风吹走的夏天，是红尘里飘摇的心境，是谁也追不回的年少时光……

吃着风吹饼，我会想起校门口的诱惑，想起努力托举我的父亲，想起那些擦肩而过留下温暖的人。

风吹过梦想、吹散誓言，却吹不落记忆。记忆深处，总有最柔软的部分，有值得念想的人……

这些记忆无色无味、细腻绵长，一不小心就会被风吹走，犹如一片片风吹饼。

风吹饼，一饼在口，往事悠悠。

2022年10月12日刊于《厦门日报》城市副刊

那一树合欢花

这花有一股异香。夏季盛开时,整个村庄似乎都因此弥漫着怪味,受不了的人远远捂鼻避开,嚷嚷着这树应该赶快砍掉。

它的花开得实在漂亮,一簇簇柔若无骨的花流苏般扇形张开,微风拂过时摇曳生姿、翩翩起舞,仿佛心尖被羽毛轻轻拂过,令人不禁浮上笑意。

老家莲花曾是厦门最贫穷的地方。农妇们每天为上山下地、一日三餐、养儿育女……陀螺般忙得团团转。很多人忙到懒得打理自己,因为无论怎样打扮,庄稼也不会因此长得更好,猪崽儿也不会因此长壮。

有了闲工夫,她们宁愿家长里短地调侃,从中获得心理平衡,而那棵散发怪味的树,就是她们眼中最大的笑话。

因为这棵树不会结果子,既不能吃也不能卖,家门口那么好的一块地,种啥不行?种龙眼、番石榴不香吗?若都不行,种个杧果也成,既可遮阳,也有花看,还可得果子——可她却种了"臭花"。

那地,真是一块好地,平平整整的埕前,是一排猪舍,猪舍旁就是那棵树。细细碎碎的叶子,远望就像撑开的一把绿伞;粉红花盛开时,像极了一朵朵红云落在绿树上;昼开夜合的花层层叠叠飘落于地时,景色也很迷人。可惜,近闻,味儿浓得令人想吐。

村民们实在想不通她为什么要种这种花,种它的人却啥也没说,也不管别人说啥。她自顾自收拾好家,房前种瓜、屋后种花,她穿用米浆浆洗得挺括的衣衫,她热心地帮助张罗村里的红白喜事。她把孩子教育得很好,与人交谈时总抬起亮晶晶的眼睛眯眯笑,即使同样在泥地里打滚儿,但一回家就变得干干净净……她坚决不肯把招人怨的树砍掉,任这些花自在地开了一季又一季。

我很喜欢那一树花开,灿若烟霞,如梦如幻,但我也很讨厌花开时的怪味。当然我更好奇,为什么她要在自家门前最好的地方种上一棵不讨喜的树?

直到长大走出村庄,我才知道,那棵曾被村里人"口水讨伐"的树,它的花有一个好听的名字,叫"合欢花",寓意百年好合、吉祥如意、阖家幸福,正如诗曰"绒花挂树彩云妆,暮合朝开合欢香"。它是中药材,"合欢蠲忿",可减轻抑郁症和神经衰弱等疾病的不良反应。花色有银白、粉红、黄色三种。

多年以后,经历世事,我才开始佩服她的坚持。长大后的我们,总是努力地从众,尽量向周边人看齐,力争混个"大同",努力不冒尖、不被议论,还自诩"接地气"。而其实,无论何时、无论在哪儿,想要挡住一些无用的议论,都需要有强大的内心。

合欢花,曾柔柔地拂过我少女的心田。它让我领悟:有些无用,其实有用;有些有用,不必立即兑现;有些与众不同,不必害怕。

2022年11月16日刊于《厦门日报》城市副刊

第二辑

深爱这座城：深爱脚下的土地，爱它的『爱拼才会赢』『明天会更好』

集美：集天下之美

在美丽的厦门，有一个地方，让你热血沸腾，让你激情澎湃，让你魂牵梦萦，让你珍藏岁月，这就是集美。

在迷人的厦门，有一个地方，无论白天黑夜，无论寒冬酷暑，它都以傲然挺立的姿态，以卓尔不群的气质，吸引你不远千里来走近它、亲近它，这就是集美。

集美，集天下之美。

一集民族魂之美。集美，总与集美大学的创办者陈嘉庚先生息息相关。他17岁离开故乡集美，数十载他乡拼搏，终于建起自己的商业帝国，可他从未想过个人享受，而是以"先天下之忧而忧，后天下之乐而乐"的思想，"倾家办学"，带领侨胞建立起从小学到大学的教育王国，以"诚毅"之心，在集美学村写下不朽功绩。而后，陈敬贤、李尚大、李林……无数陈嘉庚式的民族人物，在集美写下自己生命史上最光辉灿烂的一页。在集美，永远有人唱着一首首爱国、爱乡、爱校、爱同胞的动人赞歌。

二集崛起旺之美。只有创新才能进步。如果你有缘亲近集美，望着杏林湾畔拔地而起的现代建筑群，看着美丽的海岸边耸立的高楼大厦，你将情不自禁地发出内心的惊叹！商务楼、生态公园、居住区、低碳示范区……集美，276平方千米的土地上，正演绎着翻天覆地、日新月异的传说：高起点、高标准、高层次、高水平的"四高标准"，"一心四片"的精心勾画，100平方千米建成区、100万人口规模的"双百计划"，厦门北站、BRT、轨道交通的"四通八达"……集美，正以跨越式发展的姿态，铺展厦门新兴核心区的宏伟蓝图。在集美，到处有人唱着"百尺竿头更进一丈"的豪言壮语。

三集学风盛之美。只有学习才能不断成长。"勤学如春起之苗，不见其增，日有所长。"在集美，你不仅可以看到旖旎的风景，更可以看到朝气蓬勃的学子。无数来自五湖四海的学子，怀着他们的人生梦想来到集美。他们如春蚕，如饥似渴地汲取知识之营养，丰满青春之羽翼，扬起梦想之风帆。有多少成功人士，一直感念集美，因为这里奠下他们成功的根基。有多少学子，期望来到集美，希望能在这里丰厚他们的人生。在集美，每年都有人唱着"菁菁校园"奔赴大江南北。

四集自然静之美。只有特色的才是永恒的。集美，有着"戴斗笠穿西装"的陈嘉庚式建筑，红瓦绿墙，在天风海涛中，在绿叶扶疏下，它们美得与众不同，美得韵味天成，经春夏秋冬，历岁月磨炼，依然熠熠生辉；集美，有着海纳百川、博采众长的园博苑，它汇天南海北精品，集四面八方精华，微缩景观吸引八方来客，每年的元宵灯会，这里更是人山人海、摩肩接踵；集美，更有着深青驿站这样的名胜古迹，美头山这样的静美风光……它们自然天成，散居乡野，静静地诉说集美的昨天和今天。在集美，四时都有人吟唱着"天荒地老人安好"的传说。

五集民风朴之美。只有朴素的才是恒远的。集美，一个让陈嘉庚先生魂牵梦萦的地方，一个让游客流连忘返的地方，不仅仅在于它有着优雅的身姿、繁荣的外衣，更在于它有着淳朴的民风、恬然的节奏。在集美，本地人赛龙舟、捉鸭子、祭祖，世代传承最淳朴的民风，小日子或过得风生水起，或过得有滋有味；外地人可以自由地融入，深深地感受到集美人温顺平和、谦恭自强的特质。"七分靠打拼，三分天注定"，无论贫穷或富有，无论成功与失败，这里的人们都恪守本分，静静享受生命的恩赐。因而，在集美，四处有人唱出"小城故事多"的悠闲。

集美，具大家风范，又有小家风情；具英雄气概，更兼儿女柔情；拥有创业激情，更具生活情调；它适合居家、学习，更适合创业、发展。

集美，越亲近越发现它的好，越亲近越迷恋它独有的特质，这里有跃动的生命，这里有蓬勃的激情，这里有万卷书，这是更有无数蓝图待你绘……

天下之美在集美。

2013年11月6日刊于《厦门日报》城市副刊；获"百年学村　美丽集美"征文二等奖；刊于《集美风》；发布于公众号"厦门叶玉环　与你温暖同行"

一湾春水共潮生

往事就像一帧帧泛黄的黑白照片。40年前的厦门,是边防小岛,是"英雄难过美仁宫",是一脚高一脚低的厦禾路,是人字拖和木屐……

是特区的春风抚暖了鹭岛,湖里第一声炮响炸醒了沉睡的灵魂,沸腾的热血与奔涌的时代碰撞出激情四射的火花;五湖四海的英雄儿女共聚鹭岛,撸起袖子齐唱"爱拼才会赢",博大的鹭江水融合了早来的、晚来的所有新老厦门人。

厦门之小,乃是事实,地域小基础弱,劣势多多。

厦门之大,在于胸怀,有容乃大,眺望世界,融合世界。

"把经济特区办得更快些、更好些。"这句叮嘱,厦门人牢记心间。厦禾路动起来了,拆出最漂亮的中轴线,从此鹭江道到火车站日夜飞驰着人流物流,财富像灯火,长年不息。长岸路动起来了,大货车、集装箱车飞奔而至,码头、机场、大桥一起连接起希望和梦想;仙岳路、海沧大桥、集美大桥、翔安隧道、地铁1号线、地铁2号线、地铁3号线接二连三启用……从此四处飞虹起,天堑变坦途,岛内岛外紧相依,跨岛发展出奇迹。

"三分天注定,七分靠打拼。"不管你说英语、客家话、福州话,无论你是台商、港商还是外国客商,厦门阿嬷都会热情地问:"你呷没?"(闽南语:你吃了吗?)不管你是白领还是蓝领,只要肯出力气,厦门人都会说"不看学历看实力,歹马还有一步踢"。

留下来,一起为厦门添砖加瓦。留下来,你就是厦门。高端、大气、上档次的五缘湾是厦门,书声琅琅的厦大是厦门,声名远扬的鼓浪屿是厦门，街上匆匆行走的你我也是厦门。

流水线上忙碌的你，工地上流汗的你，办公室里奋笔的你，莫兰蒂台风中扛树的你……都是厦门。

鸟儿择良木而栖，有爱有梦的城市最吸引人，2021年厦门常住人口达516万人，10年净增加163.26万人。新老厦门人，筚路蓝缕、创新创造，使厦门GDP从1981年的7.41亿元升至2020年的6384.02亿元，40年净增长860倍。

40年，弹指一挥间，特区的种子在1700平方千米的土地上破土发芽、茁壮成长，昔日的贫瘠小岛跃升为国际花园城市、文明典范城市！只因为有你、有我、有大家！

一湾春水共潮生。生逢好时代，让我们同风雨共荣光，继续为厦门流汗和欢唱！

2022年2月11日刊于《厦门日报》；获2021年"我与特区共成长——百姓眼中的厦门经济特区建设40周年"主题征文三等奖；发布于公众号"厦门叶玉环　与你温暖同行"

我的莲花

自从厦沙高速在莲花设了两个进出口,一下子,以前堪称"厦门西伯利亚"的莲花迎来了它的高光时刻,瞬间成了"新网红"。徜徉在青山绿水间,驰骋在清风白云下,满目清朗,浑身酣畅淋漓,这种感觉,来自莲花。

20年前谈莲花,很多人总似懂非懂地点点头:"哦,就是厦门那个最穷的地方?"

现在谈莲花,许多人两眼放光:"莲花?是不是有个地方叫军营?是不是有高山党校?是不是有七彩池?是不是……"

是的,在艳羡的目光后,在那发亮的眸子后,有云彩自由飘过的身影,有牛羊鸡鸭成群的身影,有绿色生态果蔬的身影,它生动地诠释"绿水青山就是金山银山"。

而我知道,这些让人艳羡的东西,其实一直都存在,只是一直"养在深闺人未识"。

而高速路的开通,就像给莲花安上飞翔的翅膀。距离的拉近,美名的传扬,一下子让莲花可以骄傲起来。

莲花是我的故乡。

初中毕业时,我给同学们留下的地址是"莲花山下一涓涓细流旁"。那时的我,渴望着走出莲花,越过崇山峻岭,去看大江大海。

万万没想到,几十年过去,见过无数江河的我,越发地怀念那涓涓细流,或许是因为它的清澈,或许是因为它的不争,它总是静静地安然地等待时光之轮。

"三十年河东,三十年河西""风水轮流转",借助高速路打上

"高光"的莲花,其实有许多值得炫耀的东西。

首先是它的地大、人口少,洼地效应明显(这可是让生意人两眼放光的地方)。它的面积是196.4平方千米,比岛内思明(84平方千米)、湖里(73.77平方千米)之和还多38平方千米,其中山地20.6万亩,耕地2.8万亩,人口却仅有3.4万人,相当于思明、湖里人口(204.8万人)的1.6%。是厦门真正的后花园,是时下最值得珍惜的原生态、无污染的处女地。

其次是它的山多、风景秀丽(这可是让"生态族"两眼放光的地方)。厦门首个国家森林公园就在莲花。由莲花山风景名胜区、金光湖生态旅游区、达嘉野山谷、文山龙潭峡谷、铜钵岩亚热带观光果园五大景区、126个景点整合成的国家级森林公园,总面积达3846公顷。莲花镇是山区,叫得出名字的山多得像米一样:莲花山、大落尾山、石狮山、风过尖、虎坑山、凤冠山、鸟母坪山、状元尖山、花桥山、观音岩、文山、幸福山……海拔最高的山是状元尖山,有1072米。山多,自然空气好,负氧离子多,处处有都市人渴望的森林氧吧。

最后,莲花可谓人杰地灵(这可是让文化人两眼放光的地方)。莲花土壤酸性度低,富含硒,适合原生态作物生长。水资源丰富,全镇平均水资源总量达1.62亿立方米。屈指一数,即使是小小景点,如莲花水库、罗汉山、丽田园、佛心寺、同字厝、西坑村,都会让很多人趋之若鹜。这个一点也不奇怪。就如宋代理学的集大成者朱熹,这位唯一非孔子亲传弟子而享祀孔庙、位列大成殿十二哲者中受儒教祭祀、在历代儒者中的地位及实际影响仅次于孔孟的同安主簿,对莲花也颇为喜爱,多次亲访莲花的山山水水。至今莲花仍有多处关于朱子的墨宝和传说,如澳溪村安乐村"安乐塔"、莲花山的"太华岩"等。莲花还立有清朝吏部尚书李光地的护林谕。莲花能人辈出,世界十大华商富豪郭芳枫,世界乒坛冠军郭跃华,"武功将军"叶清标,中华总商会董事陈延谦,武举人叶元魁、叶联登、叶联升和内阁中书舍人叶心朝等均来自莲花。莲花特色文化彰显,位于小坪道地村的褒歌入选"福建省第二批非物质文化遗产名录"。一首首曲调简单优美、内容通俗易懂的山歌，带着泥土的气息，飘着茶叶的清香，在山头峡谷间穿透回荡。

莲花，是美好、纯洁、立意高雅的象征。像泥土般朴实、像空气般自然、像茶叶般清香、像流水一样洁净的莲花镇，是我的故乡，也是值得你一探的去处。相信你一定会爱上它。

因为它是不施粉黛却明眸如水的青春，是无数人用心守护的自然天成。

在那里，所有的吐纳呼吸都那么轻松自在。

在那里，歌美、水美、山美、景美，人更美。

欢迎到莲花，欢迎来我的故乡。

刊于《同安文艺》2019年《美丽乡村》特刊

有一种幸福叫"在厦门办事"

因为换房,我第一次走进了厦门市行政服务中心。

早听闻行政服务中心的高效高质,但想到"一款米养百样人",应该是很难满足每个办事人不同的需求吧?没想到,第一次亲密接触,就让我赞叹不已。

一到门口,看到上千平方米的超大一楼大厅井然有序。一转眼就看到醒目的咨询台,穿着整洁的工作人员三言两语就问出了子丑寅卯,几秒钟就迅速做了分流。"往左,往右,往前,上电梯左转,上电梯右转……"指点明晰,让要办事的人找到了方向。

找到对应的机器取了号。候号区的填写台上还贴心地提供了笔、表格和表样,让人可以从容地填写。几个窗口同时叫号,叫号声此起彼伏,声音悦耳动听。很快就轮到了我,按照流程递交材料原件和复印件,对着摄像镜头确认,很快就完成了流程,收到一张取件单,上面还有二维码,可以查看办件进度。这速度快得让人难以置信,而工作人员脸上的微笑又让我觉得很贴心。完成服务评价,拿好取件单,要离开座位时,我又多问了几句,工作人员一直微笑而耐心地做详细解答。

四处观察,发现贴心的远远不止这些。如果需要复印,有复印机。需要贷款,有银行。需要担保,有担保公司。卖完房,需要过户水电、煤气、有线电视,直接到楼上,还有后续"一条龙"服务。

"一站式办结,无缝衔接。"100家单位入驻市行政服务中心,97%的服务事项都可以在这幢大楼里解决。让群众一趟搞定,少跑路、提速提效、省时省力。

"换位思考,将心比心。"每个办事环节都经过精心设计、反复推敲。

有一种幸福,叫在厦门市行政服务中心办事,你享受到的是贴心、暖心的服务,人性化的设计让你不仅有宾至如归的感觉,更有着城市主人的自豪。

有一种幸福,叫在厦门办事。没有红包,没有脸难看、事难办,只有明确的告知,简约的预约系统,明确的工作流程和时限,贴着你心窝设计的各种专业服务。

最受欢迎的城市,流入人口居高不下的城市……名声在外的厦门,背后有一个为人民服务的政府,以民为重,以民为要,持续完善营商环境,让城市更温暖、更高效、更具生机活力。

走进市行政服务中心,我内心忐忑。

走出市行政服务中心,我内心自豪。

爱拼的城,创新的城,高效的城,柔软的城,贴心的城……在市行政服务中心一一呈现。

2022年4月4日刊于《厦门日报》城市副刊;发布于公众号"厦门叶玉环　与你温暖同行"

"厦门号"带来的启迪

很幸运,我认识收藏"AMOY"号帆船照片、明信片、铜版画、报纸、书籍等系列珍贵藏品的陈亚元老师。围绕"AMOY"号,不少学者曾开展了系列研究,央视还派人专程到陈亚元老师家进行专题拍摄。

一艘满满厦门味、色彩鲜艳、长着两个大眼睛、三个桅的疍民福船,在厦门下水,然后朝着未知开拔。这艘船历经18000英里(约28968千米),历时两年多,其间经历了什么?藏品图书THE STORY OF THE AMOY详细地讲述了遇到大风浪和蛇、掉了两副舵的惊险故事以及两任船长的爱情故事,里面交织着爱恨情仇、遇险渡劫。

克服狂风巨浪、穿越重洋、40年间被数百万人参观的"AMOY"号时值百年纪念。它对于我们来说到底意味着什么?有学者认为,这艘远航的船对个人来说,是爱和勇气、诗和远方;对城市来说,是开放包容、扬帆远航的城市文化精神。

通过陈亚元老师的藏品,我为"AMOY"号自豪的同时,也深深地思考:时隔百年,"AMOY"号到底代表了什么?它于我们今天有什么启示意义?我们又该如何传承和发展?

我认为,首先,"AMOY"代表着不甘平凡的闯劲,与厦门人"爱拼才会赢"的精神丝丝相扣。"AMOY"首任船长出发时已49岁,结婚19年,是厦门关务艇船长,老婆孩子热炕头都有了,可他却因远方的吸引而决定远航,即使一家人每天可收100美元参观费,天天可住豪华酒店,他也不肯歇下脚步。

这种不安于现状、追求更高更远的精神是我们厦门人最应该学习的。厦门现在已拥有一系列荣誉，但躺在昔日成绩簿上舒舒服服地过，不是厦门人的理想。向着未来勇敢出发、不断挑战昨天，这才是厦门的精气神。

其次，"AMOY"号代表着精湛技术、精工巧匠、有序规划。"AMOY"号能够闻名世界，被无数人参观、赞叹，时隔百年仍被纪念，源于精挑细选的材料、技艺精湛的匠人和充分的准备。它的龙骨精挑细选，铁钉和木艄将船体紧紧拼接在一起，缝隙被精制的桐油抹得严丝合缝。"AMOY"号有想法、有办法，代表着厦门人冷静沉着、敢拼会赢的精神。

最后，"AMOY"号还代表着家庭和美、文化融合。两任船长都有着和美的家庭，"AMOY"号每到一处，都能有效地融合当地文化，代表着厦门人随遇而安、快速融合、家和万事兴的特质。

也许你会说"AMOY"号的两任船长都不是厦门人，甚至不是中国人。但是，"AMOY"号真真切切地诞生于厦门、以厦门命名，从厦门出发，惊艳世界，船虽灭失，精神却永在。

祝愿厦门秉持不畏艰难、勇往直前、敢闯敢拼的精神，再度扬帆启航，积极探索、勇往直前，向海洋、向未来赢取更多资源，以更宽广的胸怀、更高水平建设更高素质、更美、更现代化的国际化城市，永立改革潮头，创下更多辉煌，继续惊艳世界！

"厦门号"，加油！

刊于2022年5月2日《厦门日报》城市副刊，获纪念"厦门号"远航美洲100周年专题三等奖

希望和梦想从那里生长

我老家在同安莲花，工作在思明莲花。每次回家，集美，就是一个绕不过去的地方。

最初，坐公交车。走同集路，晃荡晃荡地从厦门大桥通过，最先看到的就是集美——嘉庚风格建筑，海天一色，成了回家路上最美的风景。过了厦门大桥，家就近了。

现在，坐私家车。过了厦门大桥，车子不拐弯了，直接奔往厦沙高速。飞驰在集美滨水路上，望着左边的园博苑和右边的集美大学，我觉得这条路应该是厦门最美的路，视野开阔，花团锦簇。既有湖的雅，又有海的韵，只有集美才有这样的味道——面朝大海、春暖花开浸润出的味儿，值得细品再细品。

记得有一段时间，集美新城道路建设如火如荼，我经常因此半路被"拐弯"，也借此几乎走遍了集美回同安莲花的每条路，有机会领略不同的风景。我曾经从集美大桥，过滨海西大道回家；也走过集美大桥、乐海路、凤南路回家；也曾从杏林大桥走杏锦路，过海翔大道、白云大道回家；我还曾经穿过后溪镇，走324国道，经过坂头水库回家。当然，现在我都是穿过最亮丽的滨水路，上厦沙高速，从莲花出口回家。

在回家的路上，我欣喜地发现，集美，总呈现不同的动态的美。新城是成长的，它时而像破茧而出的蚕，时而像准备展翅的蝶，时时更新，不断蝶变，越来越有魅力和内涵。

洗去旧日时光的尘埃，集美充满了现代都市的轻盈和喜悦，以大家闺秀的全新姿态站了起来。她有漂亮的动车站——北站，每天像巨龙，自在地迎来送往全国各地的旅客；她有漂亮的园林景观——园博苑，移步换景、四时风光不同，令人流连忘返；她有软三，会聚高科技产业、高科技人才，成为高科技的新家园；她还有一座座拔地而起、亮丽清新的社区楼房，优美的人居环境成了天南海北的人们心中最美的家……

有山，有海，有文脉，有奔涌的新鲜血液。我爱集美，我见证着集美新城的成长，我看到——梦想和希望从新城生长；优雅和知性从新城生长；财富和未来从新城生长。集美，拥有不断生长的美，日新月异，生机勃勃。

2021年10月21日刊于《厦门日报》，获"逐梦集美新城"优秀奖

我的邻居变"阔"了

"积沙成塔,集腋成裘。"作为同安人,我发现,经过19年的砥砺前行,我的邻居翔安变"阔"了,并且是藏也藏不住的那种。

首先,是道路变"阔"了。这种阔是双向六车道的"阔",是可以自由驰骋的"阔",更是视线开阔的"阔"。瞧瞧,动不动就是"路幅宽40米,按一级公路兼城市主干路标准建设"。瞧瞧,仅6.16千米的路,总投资近4.3亿元,能不阔吗?

其次,是产业变"阔"了。昔日"风头水尾",受尽地点偏僻之苦,现在交通四通八达,水路陆路机场码头样样齐全。产业更是从农业、渔业华丽转身,"国际一流新兴显示产业示范区、东南沿海集成电路产业核心区"雏形已初显,数字经济、临空产业等新业态层出不穷。"厦门向东进,翔安大发展!"云集了122个省市重点重大项目,有天马微等超巨型产业航母落户……能不阔吗?

再次,是视野变"阔"了。不仅着力于现在,更着眼于未来。不仅着力于百姓衣食住行,更着眼于未来产业升级。计划5年推动"5个新跃升":新型城镇化新跃升、产业高质量发展新跃升、区域综合竞争力新跃升、人民高品质生活新跃升、社会治理现代化新跃升。这样的翔安,有眼界,有抓手,能不阔吗?

最后,心胸变"阔"了。不再是靠母亲输血的幼崽,而是一个已满19岁的青年,不时曝出惊喜:"GDP增幅全市第一、生产总值增速全市第一"……这样满身是劲的翔安,最"阔"不过了。

老话说,有人真心希望朋友好,却不希望朋友好太多。但看到老马巷新翔安正不断变"阔"变好时,我却真心祝愿翔安能紧抓机遇打造出"翔安经验""翔安特色"。因为，它将是我们厦门的新希望！

一是希望阔步建设"辐射桥头堡"，在特色彰显方面有作为。成为厦门东部新地标、厦门跨岛发展新旗手，希望翔安以机场建设、火炬高新区发展为契机，深耕细作，成为泉商、莆商、闽商入厦的桥头堡，增强辐射魅力，吸引更多的优质企业落户厦门、助力厦门。

二是希望阔步打造"融合新典范"，在推动农民上楼方面有作为。洗脚上楼，不仅仅是住洋房那么简单。如何让老农民、新市民跟上时代发展，做到不抛弃、不放弃？希望翔安在积极推动征地拆迁户"口袋富足、脑袋富足"方面打磨出更多的"翔安特色"。

三是希望阔步打造"临海独一味"，在敢闯敢为方面有作为。临海而生，翔安有难得的海岸线，愿翔安做足"海"的文章，挖掘深化临海经济，打造出"翔安独一味"的海洋产业。

翔安，真心祝愿你昂首"阔"步幸福路。但愿再过5年，掀起你的盖头来，能让世人沉醉你的美！

2022年6月14日刊于《厦门日报》，获征文比赛三等奖

我们有个共同的名字叫"红马甲"

母亲近期迷上了电视,天南海北的"梗"常让我接不下去。上周末难得回家,这个"百事通"一脸狐疑地看着我,问了一个拷打灵魂的问题:"我怎么没能在电视里看到你呀?"

哎哟,我的亲娘,我一个小小职员,无官无品,虽然经常忙得脚跟不着地,可上电视这么风光的事哪轮得到我呀。我正待跟母亲解释一下,可瞅见她一脸期待,我又不忍心告诉母亲这么残忍的事实。

突然,我瞧见电视里正播放一群红马甲,有的正奋力清理垃圾,有的正疏导交通……我灵机一动,说:"老妈,你看这红马甲,我每周末加班,也是这样的。"

忘了从何时开始,每周末必定有半天,我戴上红帽子、套上红马甲,雷打不动,参加单位组织的"洁净家园"志愿者活动。和同事们一起,把天台上的杂物抬下来,把堵塞的楼梯清出来,把绿化地垃圾捡起来……

活儿虽小,压力可不小。单说清理杂物一项,有的天台简直是露天垃圾场:装修边角料、废弃沙发、残破花盆……有电梯还好,最苦的是遇上楼梯顶层,要一趟趟往下搬,那可真不是一般的体力活儿。有一次,我和同事合力搬一个陶土高脚花盆,三四十斤重,搬到一楼时手指关节都僵硬了,腿也开始发抖……

最难的是搬走居民堆放在楼道里的杂物。记得有一辆老式二八脚踏车,满是灰尘、链条生锈、轮胎干瘪,可当我们劝说扔掉时,老人非常生气:"这脚踏车十几年都没散架,怎能乱扔呢?"他的儿子频频朝我们使眼色，请求帮忙搬走。好说歹说，终于把车抬到一楼，没想到老人又跟了下来。一开口，大家都愣住了。他说："还好你们帮我下了决心，门口真的腾出了好大一块地，这下心也不会堵得慌了。"

　　这样的故事很多很多，我们曾在"莫兰蒂"台风后，化身伐木工人，拿着锯条、砍刀锯砍树干，只为尽快疏通道路；我们曾在基坑周边下陷压坏水管时，把一桶桶清水提到老弱妇孺家，只为保证供水；我们在繁忙的上下班高峰，疏导行人和交通；我们像勤劳的啄木鸟，一遍遍查找文明路上的不足之处……

　　母亲盯着那一闪而过的镜头，继续执着地问："那么多的红马甲，我怎么能认出哪个是你呀？"

　　我笑了，"妈妈，你好好看，一定能看到我的。"

　　其实，我很想告诉母亲，看不看见我，有什么关系呀，我们有个共同的名字叫"红马甲"——老百姓需要时就会出现，不论是不是周末、无论是啥活儿……卧虎藏龙的"红马甲"就像无所不能一样随需而至、从不落空。

2022年12月6日刊于《厦门日报》城市副刊

第三辑

关于爱情:那些浓情的、蜜意的,那些忐忑的、尴尬的,那些等待和无奈

穿越炮火的爱恋

没有花前月下的卿卿我我，只有隆隆炮声中建立的伴侣情谊：他和她，从1955年到1980年，一南一北两地分居，过着牛郎织女般的生活；他和她，一个是昔日的海军首长，一个是曾经的海岛英雄；他和她，穿越炮火的爱情愈老弥坚。

她，是今年69岁的洪秀枞，一个16岁就当副乡长的童养媳，一个把18年的青春献给了厦门海防前线的小嶝乡乡长。在炮火纷飞的年代里，她与她的海岛女民兵，为解放军提供了有力的后勤保障——扛炮弹、挖坑道、修碉堡、织补衣服、准备石料、搓麻绳、缝被子、巡逻、抓特务、发传单……什么活儿都做。她是海岛女民兵的骄傲，是第三届全国人大代表，曾五次进京领奖，还曾被奖励三把枪……

他，是今年79岁的张福泉，一个随叶挺团奉命死守三岛的教导员。当年，由于工作需要，洪秀枞和张福泉两个人经常碰头，渐渐互生爱慕。等到两人确定终身时，张福泉却又随着部队走了。1955年6月，洪秀枞走了2000多千米，跋涉了整整8天，赶到连云港结婚。可是新郎官开会开到晚上11点才到家。结果婚礼也没举行。就这样，十几尺洋布做成的花格子罩衣、灰布裤子新娘装，就是洪秀枞新婚所有的记忆。日后，她经常开老张的玩笑："你真小气，一套衣服讨了一个老婆。"

但其实，那时的生活真不容易。两个人一南一北，张福泉被调到北京学习，毕业后分配到青岛，随后在旅顺、大连等地工作，在潜艇上当政委；而洪秀枞坚守在海防前线小嶝。婚后，洪秀枞分别在1956年、1958年、1960年生下了3个孩子。每次生孩子，洪秀枞总是自己一个人挺着大肚子去医院，又一个人抱着孩子回来。因为战事紧张，又遇上自然灾害，她三次生产却连一只鸡也没吃上。1960年生最小孩子时，她好不容易打到证明，才买到了一斤面条，分成两次吃了。至今洪秀枞想起，仍记得当时的感觉——很痛快！

但即使这样，洪秀枞也从未怪过丈夫。她知道他在保家卫国。1958年张福泉难得休假，冒着枪林弹雨，他赶回到了前线小嶝。看到洪秀枞又要抢修工地又要抢救伤员，又要运水又要搞生产，又黑又瘦双眼深陷，很担心产后不久的她身体受不了。后来又看到二儿子晓苏因为过早地停了母乳，从胖乎乎变得皮包骨头，没有血色，全家人靠着地瓜、地瓜叶、稀饭泡黑豆、萝卜干维持生活时，张福泉很不是滋味。而两岁的儿子不肯叫爸爸，只叫叔叔，不让张福泉上床睡觉，更让张福泉心如刀割。

张福泉试探着问洪秀枞，他说："小洪，凡是岛上跟部队干部恋爱结婚的女同志都一个个跟着丈夫走了，就剩你一个人没走，你打算过一辈子牛郎织女的生活还是随军当军属？"洪秀枞不假思索，回答干脆："我是乡长，我如果现在离开战场就是个逃兵！"最后，张福泉怀着既敬佩又怜惜的心情离开了小嶝，两个人开始了离多聚少的生活……

如今，两位老人都退休了，但他们仍退而不休，时常到各个学校进行爱国教育，扶助弱势群体，参加关工委、老年体协、门球队活动……时常，老人各自忙自己的，但只要两个人在一起，就有说不完的话题。他们互相关爱，南方人洪秀枞老人居然学会包得一手好水饺；而张福泉因为洪秀枞患关节炎，自学了推拿按摩……两位老人从来不红脸，感情愈老弥醇。他俩说，祖国强大了，才有今天这样衣食无忧、和和美美的日子，再也不用骨肉分离，不用睡又湿又黑的坑道了……

采访快结束时，洪秀枞还偷偷地告诉记者："结婚后，很长的一段时间,还一直叫他首长,转不过来呢!"没想到耳尖的张福泉听到了,说:"那我现在叫你首长,补偿回去好不?"逗得大家都笑了。

2005年获"辉煌55周年"联通征文比赛三等奖

一次付出的终身收获

19岁那年,我和他还不懂事,两个人常常东南西北地聊聊天,海阔天空地谈谈事,关系不冷不热。对于他,虽然倾慕他的才情,享受着他的关心,但我并不奢望。因为我知道自己即便不算丑小鸭,也只是满大街一抓一大把的普通女孩。而他,又帅又阳光,是众多向日葵中的"太阳"。

不过,有一件很小的事成为我人生中的一个美妙插曲,也促成了一段幸福姻缘。

那是5月的一天,我们又坐在我在槟榔的小小的单身宿舍里,周末的阳光温暖而多情。他靠在桌边看书,我则把抽屉里的东西翻出来整理,小书卡、小便签、各类信件在桌上摞了一堆,杂乱无章,等我把最后一本书叠上去后,那堆杂物终于不堪重负,轰然而倒。他绅士地停下眼光,弯腰帮我捡东西。

"咦,这是什么?"他扬着一个印有市中心血站、献血办公室的信封问我。

"是我去献血啦,哎,那边还有献血证呢!"我摇头晃脑地说,"瞧瞧,我的血是健康品,还是万能献血者呢!"

"哇,你不是说最怕打针,还主动去献血?"他惊讶地说。

"是啊,我是最怕痛,也最怕打针。"我说。

可是,那天不知怎的,看到献血车停在中山公园南门,竟然鬼使神差,一个人静静地去车厢里献血去了。

"怕吗？疼吗？"他关切地问。

"说不怕是假的，只是没想象中那么疼，好像被蚊子咬一口而已，那些采血人手艺很不赖。"我说，其实当时也怕得很。

"最重要的是，我免费体检了一下，还顺便知道了自己的血型。"我故意满不在乎地说。

记得，那天，他深深地看了我好久，然后叹了口气。

我诧异地问："干吗，我脸上长花了吗？"

"不，我在想，为什么你可以把这么高尚的事说得如此平常。"

过后，我们之间的发展竟然异乎寻常地迅速，见双方父母、结婚、生子。历经人世间许多的风风雨雨，见证无数的坎坎坷坷后，我们却感情弥坚。

多年后，他终于告诉我，是那薄薄的一张献血证，让他坚定了我是他一生可以同甘苦、共患难的伴侣。之前，他觉得我虽然率性质朴、腹有诗书，但是才貌、工作并无过人之处，唯有那张献血证还有那寥寥数语，足以让他清楚，一个默默无偿奉献的人，一个把付出当收获的人，是一生中弥足珍贵的朋友。

而我，也收获了一份自己期望已久的爱情，那张薄薄的献血证不只是秉性的证明，更是一生幸福生活的金钥匙。它验证了"有付出就会有收获"这句金玉良言，200CC的热血也许已在别人的身体内奔流，但它依然对生命的最本源处做出贡献。

从此以后我坚信，付出除可获得心灵的安然外，也许还有惊喜正在不远处等着，那是生命的特殊奖赏。

获厦门市"我与无偿献血"征文三等奖

爱相随

每天起床,年届80岁的杨纪波总是先给妻子上一炷香。在那浅浅的香气中,他开始一天的工作。妻子素卿已走了23年,可杨纪波总觉得她仍在身边。他独住在育秀里一住宅楼里,每天把家打扫得干干净净,自己做地瓜稀饭吃,清晨四五点起床写文章。他的作品诙谐、生动、率真、辛辣、洗练,受到了人们的喜爱。

两儿两女个个孝顺,都希望父亲到自家住,好照顾老人。可杨纪波更愿意一个人住。实际上,他并不觉得孤单。当那一炷香点燃,当他习惯性地在天蒙蒙亮的时候开始奋笔疾书时,他觉得一切就像从前,温婉贤惠的妻子仿佛仍在身边,并没有走远。

1926年出生的杨纪波一生可谓历尽坎坷。他幼时患了肺炎,身体虚弱,被过继给同安纪姓人家。可由于生性做事激进、争强好胜,容易与人起争执,历尽艰辛。他当过工农商学兵;当过两年挖土方、拉板车、筑堤岸的盐场工人和临时的翻砂工;当过银行出纳;担任过峰市中学、双十中学等学校教师;下放闽西两年,半务农半搞宣传,除犁田外,什么农活都做过;抗战胜利后兼任大小报的记者、副总编等职,退休后受聘为电台、报社的责编、主编。他发表于海内外的文章有200多万字,著有各种书籍20余册。

无论杨纪波身处何地、官居何职,那个曾瘦得"楚腰纤细掌中轻"的先前邻家女孩、后来成为"胖胖的中年妇女"的妻子一直支持着他,不管是最初备受阻挠的婚事还是日后的风风雨雨。1957—1977年,杨纪波潦倒不已,拖累了一家子。素卿一心一意地照顾因用脑过度而神经衰弱的丈夫。上课时天气骤冷,她就赶回家带来毛

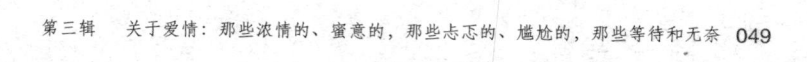

衣，守在课堂外，待到下课亲手给杨纪波穿上，还逼着他喝下各种苦口良药。

"衣不如新，人不如故。"杨纪波在素卿车祸走后数年，一直郁郁寡欢，友人纷纷为其介绍续弦，却屡屡遭拒。他一直想念他那体贴入微的妻子，想念他那曾经在恋情受阻时坚定不移、在贫苦时相依为命的妻子。他所著的《生死情结》，字字深情，令人涕下。

如今，虽然他只一个人生活，但所幸，妻子给他的温暖记忆，他热爱的文字和美食，他喜爱的社会事务，他挚爱的家人、友人，让他一生爱相随，让他继续着他那孤独却不寂寞的幸福旅程。

2005年获"辉煌55周年"联通征文比赛三等奖

她是他五十六载的贤妻

1942年，太平洋战争爆发后，富家小姐陈昭史全家飞往香港定居。而她，却不顾家人劝阻，留在大陆，与同在上海大厦大学读书的郭会舰缔结百年之好。56年来，她与丈夫举案齐眉，谱写了一曲爱的诗篇。

郭会舰年轻时患有肺结核，经常咳嗽，打针、吃药仍无效。陈昭史走访了许多医院，请教了不少医生，最后在一个老中医处得了一个偏方。从此，每天临睡前，她总要用筷子轻轻敲打一个鸡蛋，让它稍微有裂痕，然后浸药引，第二天早上让郭会舰用开水冲服。由于做药用的鸡蛋裂痕不能太大，必须轻轻敲，每个鸡蛋要敲100下左右。十几年如一日，郭会舰的结核病终于被陈昭史"敲"跑了！

郭家的8个子女都正长身体的时候，在双十中学任体育教师的郭会舰一个月工资才五六十元，远远养不活一家大小10口人。出身富家的陈昭史毅然挽起袖子，养猪贴补家用。她到郊区农场买了猪苗，每天到酒厂去讨面粉渣，到第一医院去担泔水。但由于肩不会挑，只好用手提，提一段路，手被勒出一道深沟来。刚提一趟，两手就酸痛得举不起来。

生活虽艰难，他们却一心一意鼓励孩子求学。陈昭史辛辛苦苦养的小猪有时还不到100斤，正是长膘的时候，但她却不得不忍痛卖掉，为的是给在福州读书的儿女寄路费。有时香港的亲人寄了包裹来，即使大中午烈日当空，她也会一路小跑去拎回来，挑出儿女能穿的衣服留下，其余的送到典当行，换些费用，寄给儿女做学费。

1991年夏季的一天凌晨，每天都4时整起床上山打羽毛球的郭会舰,突然发现自己的脚不能动弹。陈昭史急忙叫人把他背到医院后,自己便卷了一个草席到病房打地铺。病房味道不好,蚊子很多,又很吵闹,睡地板很不舒服,可72岁的陈昭史一睡整整1个月。儿子、媳妇建议轮着看护,也被她劝走了。她说:"你们还有很多事要做,你爸的脾气我最知道!"她全心全意地照顾双腿不能动弹的老伴,直到他出院。

十几年来,郭会舰参加了各种老龄组羽毛球比赛,老伴陈昭史的足迹也跟随他到了内蒙古、青海、兰州、西安、天津、四川、北京等地。1995年,77岁的老郭还和76岁的妻子手拉手登上了峨眉山顶。而每到一地,陈昭史总细心地照顾丈夫起居,为他洗衣服、为他鼓劲、为他喝彩,这或许是老郭比赛成绩越来越好的"秘诀"之一。

结婚半个世纪以来,这对金婚伴侣始终相敬如宾、恩爱如初,日子平淡如水,可他俩却用真爱把它穿成一串闪亮的珍珠,这里面有8个子女都已成才的喜悦,也有两情相悦的欢欣!

1998年4月21日刊于《厦门晚报》

长发，为你蓄满柔情

我曾是你眼中的"假小子"。

20岁挂零的女孩，青春就是那刷洗得发白的牛仔裤，快乐就是晾在阳光里的几件花衬衫。青春没有阴影，只有明快的线条，三笔五笔便勾勒出了整个自己——当然是个T恤套头、牛仔裤套腰的大娃娃，留着惹眼的短发。

"假小子"也真的没烦恼，直到某年某月的某一天，你郑重其事地说："留一头长发怎么样？"我哑然失笑："为什么？""为我……"沉默了许久，我终于点头。但我实在喜爱"男孩头"，它和我的皮鞋、我的T恤、我弹跳的身姿是多么和谐！印象中，有一头缠缠绵绵长发的女孩总太过沉寂、太过忧郁，是只会背李清照的"此情无计可消除……"的"婉约派"。但我终于答应了。因为你说你受不了别人以为我是你"弟弟"，受不了别人同我一见面便一巴掌拍下来的那股亲热劲儿……

于是有了等待，满蕴着温柔，微带着忧愁。

长发是慢慢地长出来了，可烦恼也随着青丝生长了。那寸把长的发，生出了百般花样，让我经受了"不男不女"的尴尬，炎热的夏日里，最麻烦的是洗头了。常爱睡觉前洗头的我发现长发会给我制造许多事端，首先清晨起床时会发现头发蓬乱如草，枝枝蔓蔓都横生斜长，当然头疼是副产品了！每每此时，真恨不得一剪刀将这烦恼丝全剪去！

但剪不断的是情丝。我时常在洗头时感觉到你淡淡的微笑，电吹风呼出的热气如同你的呼吸痒得脖子发酥。那细细密密的黑发也迅猛地长着，或许是因为经常有一双手温柔地掠过，或许它是应和着某个心灵殷殷的期盼……

　　长发长了，如瀑布般披落，每阵风过，便飞扬起黑色的旗帜，似乎有种令人艳羡的牵引。于是我的爱也汹涌澎湃着，当那黑发自由地迎风飞舞时，便有丝丝缕缕、细细密密的温柔掠过心湖，涟漪般在你脸上荡开浅淡的笑容……

　　正如流行歌曲中所唱"穿过我的黑发你的手"的意境，牵引了今生的关爱。我知道，也许有些东西我能够为你改变，而有些不能。但是拥有一双穿过我的黑发的你的手，是我今生最甜蜜的梦想了！

1996年12月2日刊于《厦门晚报》

盼当新娘

一直是风风火火的女孩，日日在课余时活动在球场上。一直是个剪着男孩头、套着T恤、穿着牛仔裤、挂着一大串叮当作响的钥匙的女孩，常常嚼着口香糖、蹬着自行车与男孩比赛。一直是个口若悬河的人，滔滔不绝的口才和犀利的笔锋总令人刮目相看。

一直以为这辈子注定了要做大事业的。一直都不屑于织毛衣、写情书、学化妆的女伴，一直认为她们似乎是为着别人而生活，这个别人就是男孩子！不是古话说"女为悦己者容"吗？

直到有一天我遇到了他。他高大伟岸的身材，他响亮青春的声音，他深沉坚定的目光，他不乏幽默的言语，都令我心跳。于是悄悄抹起口红，悄悄穿起长裙，蓄起长发，也蓄起一份柔情、一份青春、一份快乐。缘分是难解的谜，几千年来无人能够破译，何况是小小的我呢？于是学起织毛衣，正如《雪城》里的那句台词"织毛衣是一种很好的感觉"。于是这种感觉一直延续到夜里12点。在系了千千万万个结的同时，飞鸽也掠过春天的草地，居然会有洋洋洒洒的美文问世，每个扉页总忘不了那份浪漫与真情——"献给吾爱！"

都说好女人是一所学校，可我却要说，好男人也是一所学校。他的宽容、坚韧、持之以恒，使我把骄傲专横的脾气改掉了，让我把微笑写在脸上，把温柔挂在眉梢，把自立系在腰间。每当他情不自禁地注视着我的眼睛说："玉，你越来越美了！"我总在心中默默地说："这一切都是因为有了你！"

曾经豪情万丈，步入社会才发现许多的无可奈何、许多的怅惘，感谢他总陪我一同度过雨季，感谢他教我要学会积蓄力量，学会在雨季拥有一把伞，好让自己拥有一颗永远开朗的心。

走在都市的繁华中，尽管有如林的俊男倩女，但我们都从彼此的眼里寻到心中的那份美丽，时时携手共数盏盏温馨的灯光，心中期待着何时能有一个小小的家，共同厮守所有的欢乐与哀愁。

尽管知道也许以后的日子不再是玫瑰花，而是锅碗瓢盆、油盐酱醋茶，但是我仍痴痴地渴望能当新娘，当他的新娘。那会是一个很美的新娘吧！甜甜的笑，如水的柔情，因为有了自己爱的人和爱自己的人。

一个傻傻的女孩，盼望着长大的岁月，盼望着能当他的披洁白婚纱的幸福新娘！

1996年2月13日刊于《厦门晚报》

哦,那道绿色的铁栅栏

周末的黄昏,晚霞绚丽了城市的大半边天空。三个一群两个一伙儿的归人急急地奔走着。家,那份浓得化解不开的温馨像磁铁一样吸引着白天放飞的心情。风很凉爽,长长的疏港路,很自在地舒展着……

朋友们都回家了,只有我形单影只地留在这里品尝着周末的孤寂。家在同安莲花,工作在岛内,每周都回不太现实。夜的眼睛——那一盏盏路灯渐次亮了起来。我不紧不慢地踩着自行车,想到在这样美好的夜里竟没有自己可去的地方,一丝丝惆怅竟像滴入清水中的蓝墨水,很快扩散成浓浓的寂寞,美丽的晚霞似乎也抹上了一抹浪漫而忧伤的色彩。

忽然,一个熟悉的身影映入我的眼帘——戴眼镜的他正拿着一本书,低着头匆匆走着。夕阳的余晖中他的身影显得柔和迷人。

他是我的文友,共同的文学爱好使我们经常在朋友聚会中碰面,一起聊天,一起谈古论今……后来我订了婚,他也到外地闯荡,我们有好久没见面了。

他的身影慢慢靠近,我的心毫无来由地竟像小鹿乱撞般跳了起来。他的会说话的眼睛,他的多才多艺,他的幽默言语……能同他叙旧聊天是件多么快乐的事!况且,这样的周末之夜,我又无处可去……

我的心跳得更快了,于是放慢了车速。戴眼镜的他正从马路的一边往这儿走来,他依然器宇轩昂,我的手有点出汗……

他越来越近了,我索性下车,假装擦着汗,等他来到跟前。

"啊，是你！"他那声音依然动人。许是暌违多时的缘故，我们互致问候之后，竟都无话可说了。"要不要上我那儿坐坐？就在这附近。"沉默片刻，他发出提议。

要不要？要不要？我正欲绽开笑容，愉快地接受这惬意的邀请时，忽然发现我俩竟是隔着高高的分开人流与车流的铁栅栏在说话。这道为了安全而设立的墙，分开了各行其道的人与车，使它们不能随心所欲地互相串道、交会……忽然间的发现使我恢复了自持——我不能跨越界限接受他的邀请了，因为我已接受了另一个男子的真诚邀请——共同走完人生旅程……

于是我笑笑："不了，我还有其他事。"

其实我只能回去独守空房，在这样美好的周末之夜。但是长长的绿栅栏是为防止事故而设的，我该遵守"交通规则"。

或许，每个人的生命中，都需要很多的绿栅栏，隔断一则则不该再继续的故事。

1996年4月30日刊于《厦门晚报》

爱是一枚纽扣

那天，我在网上读到一则文章，说的是有一对已成千万富翁的夫妻。一天晚上，妻子对经常半夜才归的老公发脾气，两个人撕打在一起，结果喝醉了的老公睡着了，而累了的妻子却发现他衬衣的一颗纽扣掉了，样子显得很狼狈。于是习惯性地，妻子将刚才还恨不得咬一口的老公的衣服脱下来，然后为他缝起了扣子。在缝的过程中，妻子一直想起以前两个人艰苦创业时，他的衬衣纽扣因为干苦力经常掉，由于没有多余的衬衣，每次他只能光着膀子看妻子缝扣子，每次总是泪流满面。

那天，妻子依旧用心地缝着纽扣，虽然她知道丈夫已腰缠万贯，他有无数件衬衣，也许再也不会要这件缝过的衬衣，但她仍然坚持如以前一样缝好。当她缝好扣子时，却发现那光着膀子的丈夫也一如以前，泪流满面。

这篇名叫《爱的纽扣》的文章让我深深感动。在我心中，一直以为"慈母手中线，游子身上衣，临行密密缝，意恐迟迟归"中缝的一定是纽扣。因为只有纽扣，才能系住那么多的心绪，才能承载这么细腻的情感。

婚姻是一件衣服，亲情是一件衣服，而只有用爱的纽扣，才能使这件衣服密实，使它足以遮风挡雨，足以傲视所有严寒。

2002年4月24日刊于《海峡生活报》

美 丽

"哇！新娘子好漂亮！"

"新娘子，新娘子！"

一踏上渡轮，那惊诧的、羡慕的、欣赏的、渴盼的目光如高度聚焦的探照灯，一下子全部落在头上、脸上、身上、脚上。那个有着一双大眼睛的漂亮小女孩，还偷偷地用小手拉了拉自己小小的紫色纱裙。

我冲她笑了笑，一手扯着长长的拖裙，一手拉着扶手，没有办法腾出手来，要不然我一定会弯下腰，摸摸她那乌黑的发。那时，我的姿态一定是非常迷人的。

当涂上粉、上好眼影、画好唇、穿上洁白婚纱的我一走出化妆室，摄影师、化妆师一下子异口同声地说："哇，好漂亮！"那是职业性的，我知道。但滨的点头微笑却是真的，他绽开迷人的笑容，快步迎上拉住我的手时我就知道了。

站在落地的大镜子前，我看到那洁白纯美的婚纱如同天边的云彩，映着自己脸上自信的光。看到滨眼里赞许的笑，我知道，那个丑小鸭变成白雪公主的传说一下子变成了现实。

侧影，正面；椰林，沙滩，海水，夕阳；微笑，再微笑……当微笑重复几次后，夕阳收了余晖，一切都散了场，穿上了旧衣裳，我又成了那个一点也不显眼的灰姑娘，牵着滨依然温热的手，回到那依然杂乱的集体宿舍。

照片冲出来了，那个温柔的、娇羞的、可人的新娘是如此的美丽，而那个年轻的、刚健的、亲切的新郎是如此的俊美。那玉树临风，那深情凝眸，一切都如画中人般的恬静、温馨，充满浓浓的诗情画意。看过的人总忍不住夸奖："照得太好了。"

我摸摸口袋，节衣缩食了近半年的三四千元就这样不见了，缥缈成这一幅幅带有立体油画效果的相片。记得多少年前那个少女一看到别人拍婚纱照，总看得眼热，直勾勾地看到那对新人渐行渐远；而每次路过影楼，总忍不住驻足，看着那一套或红或白的婚纱，想象着自己穿上时该是多么美丽，时常做着这样的美梦入眠。

直至今日，看到自己也穿了，也脱了，也美丽成现实，忽然想起自己平时总不美的衣服，还有那时常熬夜的眼袋，那在风雨中艰难前行的疲惫的脸。每天总急匆匆，洗把脸便冲出去上班，哪有空对镜贴花黄塑造那么多的美丽，哪有空坐下来化几个小时的妆？

有些东西是绚丽而迷人的，那是梦，那是渴盼的心境，那是偶尔的奢侈与放纵；而有些东西最终仍然是平凡而琐碎的，那是脚踏实地的生活，那是一日三餐柴米油盐的真实。美丽不可无，可最终总因了这、因了那，我们无法永远美丽着，最终归于平凡。

2000年2月21日刊于《海峡生活报》

情感按钮

　　双休日在家里打扫房间时，父母房中的一个油漆剥落的箱子引起了我的注意：那四四方方的木箱子透着一股岁月的深沉。于是我跑过去，抬脚便给了它一下，说："妈，这么个破箱子，放这里干吗？"

　　话音未落，便听到母亲小声责备："你不会轻点吗？女孩子动手抬脚成何体统？"父亲则在旁微笑着，说："轻点哦，那可是你妈的嫁妆箱子！"

　　哦，原来如此。把那心形的锁打开，樟脑丸的气味扑鼻而来，叠得整整齐齐的钉布纽扣衣服、小巧玲珑的香袋，还有双粉红的鞋子。那是双有着圆圆头的布鞋，一条长长宽宽的鞋带子从鞋子内侧长出，绕过脚脖，再穿过外侧的扣子，便是它的穿法了。这恐怕已是30年前的鞋子了，但色泽光艳如初，包括那镶边的金线，犹自熠熠闪光。

　　我笑："妈妈，难道你还要再穿这双红鞋子吗？那可是年轻女孩穿的哩！"

　　"是啦，即使你想把所有旧东西扔掉不要，我也一定要留着它，这可是我结婚时穿的鞋子！全村人都夸好看，才穿一次就收起来舍不得穿。以后我老的时候也要把它带走！"母亲以少有的坚决说着话，脸上还掠过一丝红晕。母亲用那粗糙的手握着那小小的红婚鞋，神采飞扬，与父亲有说有笑地谈起年轻时的事，父亲爽朗地笑着，早晨的阳光洒满了整个农家院子。

　　在母亲眼里，那双红鞋子像一个沉默的感情按钮，只要有人轻轻一按，记忆的闸门便打开，往事如潮水般一波波奔放出来，在心中泛起层层涟漪。我那年迈的母亲，也许常借此忆起了与父亲男耕女织的旧岁月，相亲相爱、相濡以沫的旧时光。

岁月飞逝，时光沉淀，沉淀得每个人曾经澎湃的热血冷凝似钢、坚硬如铁。但是一个旧景、一件旧物，便是一个不经意的感情按钮，只要轻轻一触，所有记忆之窗便会打开，让人忆起最值得珍惜的美好时光。

感谢时光，感谢所有爱的保存！

1998年6月30日刊于《厦门晚报》

母亲去做客

今天，母亲去做客，到只需要15分钟车程的大姐家做客。

母亲其实很喜欢去做客的。早在要去大姐家过节的一个月前，她便记起来了，而且还想好了该穿什么衣服。母亲很希望能够出去走走，见见世面。因为她从出生到嫁给我父亲，50年来一直生活在这偏僻的小山村，村里的一草一木对她来说实在是熟悉得不能再熟悉了。

但她却很少出门。大姐出嫁五年了，她也只去过4次。这次是我和姐姐、姐夫撺掇了半天她才下了决心。以前我们劝她出门走走，她说等给我哥娶媳妇了再说，家里有人料理了，才可清清净净、放放心心去做客。等娶了媳妇了，她说新媳妇刚进门呢，怎好让她一下子来忙乎？抱了孙子后，她说我是婆婆又是奶奶，此时我不忙乎谁忙乎？现在好了，媳妇娶了，孙子大了，何况我刚好放假在家。母亲瞅瞅没什么好说，末了竟冒出一句："那你爸呢？"

这话害得我们兄弟姐妹全笑弯了腰。已经五十岁出头的父亲竟然红了脸，说："你要去就去，何必啰唆！"母亲这才不好意思地笑笑。我拍着胸脯向母亲保证：家里她尽可放心，她的三女儿现在炒蒸煮炖，厨房活儿样样拿得出手，没准儿还比当妈的强呢！

母亲走后，我急忙去采购，又忙乎着洗呀切呀，使出全身解数，端出四菜一汤，红的惹眼，绿的滴翠，黄的流油，热腾腾，香喷喷，令我自己都忍不住偷偷尝了一口，但父亲只浅尝辄止，令我大失所望。追问半天，原来是饭菜不对胃口。

正当我无可奈何、垂头丧气之际，母亲却回来了。她风风火火地进屋,问父亲吃饱了没有,看完表情没等回答便捋起了袖子。于是灶膛里的火快乐地舔着锅底,"哧"的一声,油葱花的香气便溢满了整个空间……父亲也跟着忙乎着,前前后后地张罗,添油加醋,他的胃口一下子好了起来……

"奶奶一去就念叨着家里的大事,心急火燎地要回来,害得大姑姑嘟着嘴生气……"与母亲一起去的小侄儿一五一十地报告着,绘声绘色、活灵活现,惹得全家人笑了起来。

我心里不由得一阵酸楚——母亲,何时你才能无牵无挂地去做客呢?家里的一草一木、一针一线、一点一滴的冷暖全靠你维系,全融进你的喜乐哀愁中。或许身为人妻人母,你无法不时时牵挂着家的丝丝缕缕,家的点点滴滴……

1996年8月27日刊于《厦门晚报》

第四辑

女儿心：最柔最软的心酿就最真最纯的酒

编　织

　　秋风乍起时，街上的裙子渐渐长了。摇曳了一夏的水果般诱人的色彩，渐渐凝成庄重的黑蓝灰。在主妇心中，一个暖融融的想法不由得痒痒地挑拨着；望着柜台里那一团团红的、粉的、蓝的、紫的、圆滚滚的毛线，心里不由得喜悦着。

　　我也一样。一个小女人的甜柔温馨的梦想在这清凉的秋风里便长了出来，想象着那一团毛茸茸的线在自己怀里打个滚儿，而后在手指之间穿梭跳跃，便长成背心、外套，长成老父亲贴心的温暖、老母亲慈祥的微笑，或是小侄儿调皮的笑容，或是男友身上众人投来的羡慕的眼光，心里便像冬日午后晒着太阳，不由得热烘烘的。

　　最初学织毛线是在福州读书时。在那水土不服的冬天，冻疮一直"武装"着我的手。套着姐姐为我织就的紫色手套，心中真是暖和极了。于是我放弃了当一名"刚强女人"的梦想，扑入一向认为没出息的女红中。编织着，一遍遍地憧憬着自己亲手一个结一个结织就的毛衣套在母亲身上，她该是如何欣喜！

　　尽管不耻下问，尽管百折不挠，径在织了拆、拆了织、重复了12遍之后，我那件藏青色的毛衣仍像兔子尾巴——长不了，只能委屈地吊在胳膊下荡悠着。寒假了，考完试急急地打点行装回家，看到母亲穿着我用奖学金买的黑外套，逢人便夸，我心里却执拗地想：如果是我亲手织的，母亲该多高兴呀！

　　于是一个编织的梦一直缠绕着我。许许多多的年月过去，我终于学会了有头有尾地织完一件毛衣。看着爱人身上的一个个细细密密的结时，我心中不由得荡起幸福的笑容——这是一件世界通行的品牌，它的名称叫"温暖"。既温暖了创造它的人，也温暖着享用它的人！

编织的梦一直延续着。女人的一生是爱做梦的一生。当一个小生命刚在孕育时，女人便开始编织着这个甜美的梦：是个男孩还是女孩？长得怎样？女人在日常生活，在洗洗刷刷中，在不厌其烦的劳作中，心中丰满充实得像个水蜜桃，幸福总关不住满溢。编织是女人一生一世都在做的事，那些踏着晨光或晚霞，拎着菜篮匆匆行走的主妇，那些含泥衔草构筑爱巢的女人，心中无不编织着一个美丽的梦。

一个充满爱意的融洽的家，这正是许许多多的女人为之操劳、为之奔波、为之勤勉，并且用时光和爱心编织的梦。

1997年12月9日刊于《厦门晚报》

是花就该倾尽终生芬芳

兴冲冲地买回一枝丰满地含苞着的箭兰，用清水浸着，便任之自由了。

第二天清晨，居然开了一朵小花。那是最靠根部的一朵，小小的、瘦瘦弱弱的，小心翼翼地探出头来。花是红色的，不是玫瑰那种浓郁的红，而是轻淡的，像娇羞的二八女孩。

第三天清晨，便绽开了丰盈的一朵，很热烈地，花瓣肥厚、丰润，像奔放的少女，大大方方地站在跟前，微笑着。

第四天开的花，很多。自自然然地，不加掩饰地，青的茎、绿的叶、红的花。花伸展着，很惬意地，像恬静的少妇，一举手，一投足，都有一份说不尽的丰韵。

第五天的花是最灿烂的了。满枝的箭兰都盛开着，就像开心的母亲，每个大大小小的口袋中都装满糖果，盛满欢乐……

也由此想起女孩，第一朵花开时，刚懂事，知道父母的辛劳，便自觉地洗衣做饭，做姐姐的，更自觉地为弟妹做榜样。那是为家人初开的一朵花，尽管很小、很单薄，却体贴地用小手为家人带来温馨。

第二朵花开时，正值芳龄，"窈窕淑女，君子好逑"，两相愉悦，总不忘对心爱的他倾吐缕缕柔情与蜜意。把纯情和憧憬交付给他，那是为情郎而开的花，它开在黄昏、开在子夜、开在长长的编织中、开在殷殷的期待里。

第三朵花开时，已为人妻，撇开诗书与玫瑰，手捧食谱，涂着红色指甲油的手常泡在洗洁精的芬芳中，常忍不住高歌的，那是少妇。带着初为人妻、初为人母的喜悦，那花开在丰盛的晚餐中，开在娇儿淡淡的乳香里，开在悠长而缠绵的催眠曲里。

第四朵花开时，儿女已"成荫"，细细地叮咛冷暖、牵挂进出，认真地安排春秋、就绪冬夏。为奔波的男人，为初长成的儿女，点亮一盏橘黄的灯，营造一份家的温馨。那是一双勤劳的手、一脸疲惫的笑和一颗永恒的心才能营造的。

女人，是家的灵魂。妻子或母亲就是家中的支柱。外出时男人是墙，挡住风风雨雨；而归家时，女人是床，疲惫在这里歇息，出征时便满身英气。这时的女人是一朵花，它开在深夜的期盼中，开在"游子身上衣"，开在两鬓秋霜、满脸的皱纹中……

女人是一朵倾尽终生芬芳的箭兰花，每个时期总为爱她的和她爱的人绽放着，没有一丝索求。只要有一份爱，一份绵长如水、甘甜如露的爱，那便是女人绽放芳香、尽吐热情的源泉了……

哦！女人！有哪朵花，是为你自己开放的呢？

1996年7月9日刊于《厦门晚报》

挂在树梢上的期盼

小时候,常被妈妈喊"馋丫头",因为小小的我时常刚吃完龙眼树上的最后一颗,便又守在树下,掰着小指头,盼望着花开,盼望着果熟……

夏日里龙眼熟了,一个个丰润圆满,一串串垂了下来,诱起我肚子里蠢蠢欲动的小馋虫……但是龙眼树太高了。小小的我,踮起脚,伸长脖子,仍够不着。搬一把小椅子,然后爬了上去,还是够不着。只好看着那挂在树梢上的成串的龙眼随风摇曳着,摇曳着许多的渴望、许多诱惑。

于是,我盼望着妈妈回来,妈妈好高好大,一伸手,便可摘到最甜美的一颗,甜到我幼小的心里。

但妈妈摘龙眼是有条件的呢,妈妈要女儿试卷上的95分。妈妈最喜欢100分。95分妈妈会给女儿几个甜美的龙眼;而100分,妈妈会给女儿甜蜜的吻。小小的我最喜欢妈妈的吻。龙眼摇曳着欲望,那红红的100分也招展着渴望。像渴望手中抓满龙眼果,我也渴盼100分出现在自己的卷子上。我踮着脚,盼望着,伸长脖子听老师讲课,举起手积极发言……愿望终于实现了——考卷上夺目的100分,脖子上鲜艳的红领巾,左袖上醒目的"红三杠"……

长大后的我,虽然不再一口气吃50颗龙眼,以至吃不下饭,妈妈只好给我灌酱油,但我仍渴望着花开,盼望着果熟。那是另一种挂在树梢上的期盼。它需要踮足、需要等待、需要奋斗、需要持之以恒的毅力。向上,向上有无限的艰难;向下,向下有无数平凡的欲望……当我在每个诱人的夜里躲开喧嚣,一笔一画地写出的一篇篇文章寄出去却石沉大海时,心中总不免有些失落。此时常想起妈妈,帮我摘龙眼的妈妈总笑着说:"没关系,孩子!耐心点,再坚持一下,你就可达到你想要的高度,摘到你心中渴望的果子了。"

1996年8月13日刊于《厦门晚报》

小茉莉的渴望

记得一位女作家说过：人们判定一匹马的价值，并不是依据马的矫健和力量，而是根据马鞍的漂亮与否；判定一阵春风是否和煦，不是用肌肤来感受它的温馨与舒展，而是用耳朵去倾听风铃是否清脆……于是聪明的马不再忙于奔跑，有悟性的风首先考虑在自己的脖子上佩戴许多的风铃……

现实中，有些人判定一个女子是否优秀，不是根据这女子的才情与品德，而是根据其衣着是否华丽、身材是否曼妙、容貌是否娇美。于是聪明的女人首先想要把自己的脸变成一幅山水画，把脂肪送进美容院，将喜怒哀乐系在潮流的裙裾下……

然而，在所有令人眼花缭乱的缤纷中，我仍素面朝天；在"女人"这座丰满、成熟、诱人的大果园里，我只是枝头末梢那青涩的橄榄；在"城市"这个鲜花芳草争奇斗艳的大花园里，我只是一枝苍白的小茉莉花。

我只渴望你的喝彩，渴望有你欣赏我的淡泊铅华，欣赏我的自然天成，欣赏我的如泉才思，欣赏我的温文尔雅，欣赏我的勤劳美德……欣赏是一颗最易成活的种子，也许你在不经意间播下，在秋日里便有沉甸甸的收获！

过了多梦的年华，我已不再期盼舞台上的辉煌，不再期冀奖杯上的光环，不再渴盼那如雷般的掌声，但我仍渴盼着你的喝彩。渴盼在每个平凡的日子里，在端上热腾腾的饭菜时，有你轻轻地赞扬："好香！"在出色地完成一件件紧要任务时，有你的赞许："很好！"在一篇篇文章问世时，有你的鼓励："好棒！"

我知道，为了博得你的每一声喝彩，我必须将更多的时间、更多的精力投入新的奋斗中。那其中，有辛酸、有苦辣、有荆棘、有陷阱、有孤独、有困惑。但我的心情将会永远甜美，正如丰美的水草，虽然牺牲了自己，却赢得牛羊与大地的喝彩！

或许虚荣如我的女人，都渴望着赞美与仰慕。而我，更是渴望着你由衷的喝彩！它将陪伴和激励我的生命。你会吝惜给予吗，我的爱人？

1996年9月3日刊于《厦门晚报》

第五辑

母与女：世间的母女是怎样的缘分？我们曾相厌，但最终仍相爱

恨过母亲

恨过母亲，从心底里。

恨母亲，让我不能在女伴中如公主般受宠，邻居小兰夏天有蓬蓬裙，冬天有绣小白兔的红毛衣；而我，夏天总是卡其布，冬天则是磨得发光的灯芯绒。恨母亲，当父亲病重时，她还紧抱1岁的孙子……

我以为，母亲是不爱我的，她只爱我的姐姐及兄弟。年少时，我故意在母亲捉我洗头时把身体扭得像一个麻花；我故意不与母亲一起去做客；故意把母亲的针线藏起来，让母亲找一个晚上；故意说错时间，不让母亲参加我的毕业仪式……

长大后，我不再恨母亲。但是母亲还是让我觉得别扭：她说话声大得可以震下瓦片，母亲到厦门小住，邻居会以为我们家吵架了；她吃饭时总把脚翘起来；她逛街时总大声嚷嚷这东西那东西都太贵了，害得人家以为我没钱买……

是儿子的到来挽救了我和母亲的缘分。儿子出生3天了，可滴奶不吃，任护士长费尽气力也徒劳。儿子饿得直哭，而奶水胀得我流泪。母亲急急到来，三下五除二，儿子像猫咪一样心满意足地喝足睡着了。母亲留下来陪我坐月子，让我有机会了解母亲。我那早早失去父母、从小当童养媳的母亲，8岁起天蒙蒙亮就要起床煮13口人的饭，成家后要照料5个年幼子女，还要出工赚工分……

月子里的一天晚上，我起床突然发现儿子不在了，吓了一大跳。突然"天乌乌，要落雨……"的歌声从客厅里传来。披衣，发现母亲正轻轻地摇着摇篮，儿子在婴儿床上迷糊着，母亲也迷糊了，可她仍闭着眼睛温柔地边摇边唱。我发现自己流泪了。我的母亲，她一定也曾经这样温柔地呵护过我！

"养儿方知父母恩"，儿子让我明白了当母亲的苦。与母亲的更多交流中，我更理解和爱上了母亲——风风火火忙里忙外都是为了孩子，白天劳累夜里仍要费尽心力，年老又接过照看孙辈的任务……在母亲泥土般粗糙的外表下，是一颗温柔的母亲心。

我庆幸，恨过方知真爱；我庆幸，子欲养而亲尚在。我期待，能给母亲一个幸福的晚年……

2005年获厦门市"我的母亲"征文优秀奖

执灯的母亲

离开母亲独自生活已经快8年了,其间4年是在省城福州,4年是在特区厦门,可是无论路途多么遥远,旅途多么艰难,只要一有空闲,我总希望回到母亲身旁,回到那被称为贫穷的地方——同安莲花。美其名曰是回来陪陪母亲,但更多的,是渴望躺在那张儿时的大床上,听母亲讲故事。

母亲的床很大,古式的床雕着精致的画。无论是床脚还是横梁上,一幅幅栩栩如生,再用那油漆细致地涂了,便成了永远的美丽。儿时的我们最喜欢那幅坐着马车的公主画,因为母亲告诉我们以后会一个个都长成美丽高贵的公主,所以我们姐妹几个都掰着手指头盼望着长大,长大成美丽的公主。长大了却发现成了凡人,却永远感激母亲,在那重男轻女风气极盛的山村里于我们姐妹心中种下了纯洁的愿望。

又到了夜,忙碌了一天的母亲便叮嘱我入睡,于是我愉快地答应了。被子是母亲用碎布拼成的,图案美丽,浆洗得很硬很香。钻进被窝里,我像儿时一样喜悦。过了不久,迷糊中我听到母亲找出火柴"嚓"的一声把它点燃。油灯很小,一个小瓶子装着煤油,油芯是用棉线捻成的,一头浸在煤油里,一头冒出来。瓶子的口上有一个可装卸的塞子,中间装着油芯,两边有细细长长的齿,正好安装玻璃灯罩,罩两头小、中间大。母亲点燃了油芯后便把灯罩罩上,然后把灯拧亮了些,而后轻轻掀起蚊帐,便捉起蚊子来。

其实,母亲早在蚊帐放下来之前便捉过一次了,但是每当我们临睡前她总要再捉一遍。母亲最讨厌蚊子,它们不仅好吃懒做,而且咬她的小宝宝——现在早已成了大宝宝,叮一个大包让母亲心疼好些天。母亲总是轻手轻脚地去捉她那些狡猾的敌人。蚊子很敏感,一有半点风吹草动便不安地嗡嗡叫着,振动着翅膀飞走了。母亲则比它们更讲究策略,她先用油灯轻轻地照着,一旦发现敌情,先按兵不动,等蚊子解除了警戒,再提着煤油灯,以迅雷不及掩耳之势,让蚊子钻入灯罩的包围中。蚊子一遇热,便四处狂奔,经常一下子便落到灯罩底,或者被火舌快乐地舔掉了。

　　小时候,一听到母亲那窸窸窣窣的声音停止时,我便知道又有一只蚊子即将被消灭,心中不由得紧张起来、兴奋起来。我常常趁母亲不注意时偷偷地睁开眼,看见年轻的母亲执着灯,像执着满心的希望,满脸微笑着。背影的鲜亮映出了专心致志的母亲,乌黑的头发,乌黑的眼睛,举着一盏灯儿,小蚊子在里面扑腾。母亲微笑着,很舒心——又消灭了一个即将破坏孩子好梦的坏家伙。年幼的我常常枕着母亲的微笑入眠。

　　长大后,一听到母亲那窸窸窣窣的声音停止时,我便知道又有一只蚊子即将被消灭,心中仍抑制不住紧张和兴奋。于是趁母亲不注意时偷偷睁开眼,看见了年迈的母亲,布满老茧的手握着灯,像握着满心的幸福,她专心致志地寻找着。头发已经发白,眼睛不再发亮,年迈的母亲,在那依然柔和的红蚊帐中,依然微笑。

　　哦!母亲,当您发现让您拥有无数美好憧憬的孩子而今为了生活四处奔波却仍无余力孝敬您时,您心中是否有些感慨?当您发觉那牵着自己希望的小手而今将被一外来的小伙子牵走时,你是否有些感伤?母亲却一直沉默,仍然露出她的微笑,或许她觉得女儿在她身边,便是最大的幸福吧?而我这时总是热泪盈眶!

　　母亲,二三十年来一直执灯的母亲,儿时唱着歌谣伴我入眠、长大诉说辛酸随我入梦,时时教导我做人的母亲,擎着一盏灯,那是我黑夜的使者,是我永远的保护神。

1996年7月刊于《同安文艺》

一串冰糖葫芦

我急吼吼地在中山路上奔走,带着风,仿佛跟谁置气似的。

但每走一段,我又不由自主地回过头,看看跟在后边的人有没有跟丢了。

后面的老人亦步亦趋,她眉头紧锁,紧紧跟着,就像一个害怕迷路的孩子。

她,就是我的母亲。72岁的她,执拗得几头牛都拉不回来。听到她停了高血压的药还自以为是的话,我心堵得连话都懒得说,只是板着脸,快步向前。

忽然,一串高高插在店门口玻璃瓶里的冰糖葫芦粘住了我的目光,阳光暖暖地打在冰糖葫芦上,红彤彤的冰糖葫芦,像一面闪亮的旗帜。

我猛地慢下脚步。回过头来,看到母亲两手半握,仿佛随时准备小跑的样子,那口堵在心头上的气突然凭空散了:算了,不跟她计较了,她都72岁了。

记忆中,母亲一直是27岁的样子,她总是风风火火地往前冲,也不管我们姐弟几个跟不跟得上。记忆中,母亲很少牵我们的手,她的手总是很忙,提的、挑的、拎的,孩子们只得眼巴巴地跟在她的后面。有一次,我看到一串串冰糖葫芦插在商贩肩上扛的草把上,阳光打在冰糖葫芦上,冰糖的甜味似乎都快流出来了,拨浪鼓更声声挑逗我的馋虫,我眼巴巴地跟着卖冰糖葫芦的人走了很远,待回过神来,却发现母亲已挑着担子快挼出我的视线,我只好边抹着眼泪边折身去追赶母亲……

往事历历在目。

再回头，看到母亲正偷偷拿眼瞅着我，像一个做了错事的孩子。我叹了一口气，说："累了就休息一会儿吧。"

母亲如释重负地，一屁股坐在步行街上的长凳上。长凳边上的绿植郁郁葱葱。母亲眉头舒展了些，半握的手松了。

望着她手边戴着的住院手环，我突然忍不住鼻子发酸。母亲患高血压、高血糖、血栓，她不知道，当医生郑重其事地跟我说"你母亲在吃抗凝血功能的药，很有可能手术时大出血在手术台上下不来"时我心里头的痛。她不知道她第一次做手术时，我心头吓得怦怦直跳……所以，一听到她不听医嘱，我万般焦急。

直到看到那串冰糖葫芦，忽然想起幼年时光，忽然很希望母亲能够帮我买那串冰糖葫芦，仿佛是买回那串差点把我自己跟丢的冰糖葫芦。

可当我看到母亲正跟椅子旁一个女娃娃做鬼脸躲猫猫，她脸上所有皱纹像一朵霜后的菊花灿烂舒展时，我忽然又不忍心去打扰她。想必我小的时候，她也多次跟我开心地玩过这种游戏吧？

"老板，来串冰糖葫芦。"

过去的母亲没空为我买冰糖葫芦，现在的母亲仍然没空为我买冰糖葫芦。那么，就让我吃着冰糖葫芦去拉母亲的手吧。

于是我拿着一串冰糖葫芦，微笑着走向母亲，拉住她的手说："中山路人多，小心别丢了。"母亲愣了一下，开心地笑了。

走在暖阳中的中山路上，拉着母亲的手，吃着冰糖葫芦，我笑着和过去和解——阳光下，母亲拉着孩子的手，孩子吃着冰糖葫芦，这是我曾经最渴望的画面。

而现在，我正是那个幸福得想笑的孩子。因为，我有冰糖葫芦，也有母亲。

发布于公众号"厦门叶玉环　与你温暖同行"

老人当幼仔

母亲的脾气越来越大。那天,与母亲一起生活了14年的家人打来电话,噼里啪啦放鞭炮似的投诉一通。回到老家,我很婉转地提了一下,没想到,平时脾气火暴的母亲立马站起身,说:"分灶开伙!"没有任何商量的余地。

风风火火地把开伙的东西准备好,锅碗瓢盆,油盐酱醋,什么都没落下,已闲置很久的灶膛重新燃起跃动的火苗,照亮了母亲重新当家作主的欢喜。

当家作主,母亲真是一把好手,我们兄弟姐妹五人,尽管出身农家,但从未饿着冻着,这都得益于有一个能干的母亲。没有闲钱买鱼买肉,不怕,母亲总能从小溪小河沟里摸出泥鳅、鲫鱼、小蟹、小虾,连田里肥肥的田鼠和田鸡,都可以变成可口的美食。

最初的几天,母亲总是把菜做得很丰富,葱头油的香味飘得好远。母亲心满意足地坐在老房子门口,端着丰富的菜品,冲着路过的邻居点头微笑:"吃了吗?要不要来吃?"

"吃了吗?"这是老家邻里互相问候时最常用的话,一日三餐可用,饭前饭后适宜。"吃饱喝足"也许这就是朴实农民最真实的愿望。母亲也算是每天可以吃饱喝足了。

可是,好日子没过几天,母亲又不开心了。她不喜欢每天孤孤单单地对着一桌丰盛的菜,她喜欢儿孙满堂、挨挨挤挤的热闹劲儿。她抱怨锅太大,要我抽空回家吃饭。可是,我远在50里之外,天天回去不太现实。而我知道,她其实更喜欢与她那仅几步之遥叽叽喳喳如喜鹊般欢唱的两个孙女一起用餐。

可是，我能说什么呢，母亲是那样决绝地扭头，那样兴高采烈地开伙，那样大张旗鼓地宣扬，让她的家人很下不来台。我问先生有什么办法，一向睿智的先生想了好久说："也许，时间是最好的解药。"我问朋友，有什么高招，一身本领的朋友想了好一会儿，说："老人当幼仔。"

2014年2月23日刊于《厦门日报》

母亲的背

寒风凛冽，瞧见一件漂亮的冬衣，纯羊毛，红黑相间，纹理细密，虽价格不菲，但还是咬咬牙买给母亲。试了一下，对镜想象着母亲穿上的模样，嘴角忍不住荡开了笑。旁边的大妈看着，频频点头，说："小妹你好眼光，你妈穿上一定好看。"

回家，母亲喜滋滋地穿上，可是左拉右扯，前襟下垂，后襟外翘，衣服总是不妥帖。奇怪呀，不对呀，我买的这件可是名牌呢，版型挺过关的。百思不得其解，最后我才发现，是母亲的背作怪。

母亲厚厚的背相对她那才155厘米的个头儿，简直可以称得上"虎背"了，结结实实的肩肌特别发达，像是背上驮了一个小小的包。

我拍拍母亲的背，说："妈妈呀，都是你这背，看看，把好好的衣服都穿走形了！"母亲笑笑，说："是啊，都怪这背，把我乖女儿的漂亮衣服穿丑了！可是，你要感谢这背，一直以来，它一直背着这个家！"

听到母亲的话，我忍不住脸红了。是的，母亲的背，背着一家子的重担。挑水、砍柴、荷锄、扛犁；母亲用背，驮着重担，与父亲风雨同舟，背起了一个大家庭长子长媳的责任，背起了一家人的希望；母亲的背，担过沉沉的粮食柴草，背过年幼的小叔小姑，背着我们五兄妹在田间挥汗如雨……如今，她头发都花白了，还继续背着我们的孩子，操持着家务，从无怨言。

摸着母亲硬硬的肩，想象着昔日母亲肩背手提的模样，我忍不住眼圈都红了。正当我不知如何说话时，我那已超25斤重的儿子,扯着母亲的裤脚,直往她的背上蹭。母亲麻利地抓了条背带,一下子把她的外孙甩上了背。儿子搂着外婆的脖子,喜笑颜开;母亲笑眯眯地,急急地往灶房里跑,说:"难得回来,我给你做同安封肉。"

新衣服在背带的五花大绑下,褶皱丛生,完全没了它的光彩。可我觉得,洋溢着满脸笑意的母亲,泥土般朴实无华的母亲,却使衣服绽放着异样的光彩。

2006年1月11日刊于《厦门日报》

爱上旅游的母亲

已过70岁的母亲，近来迷上了自助旅游，有次8:30不到，她那大嗓门儿便响起："我现在在鼓浪屿呢。"从同安老家至BRT站再乘渡轮直至鼓浪屿，至少一个半小时。也许我还在睡梦中，她便已经在路上了。

母亲是个勤快而能干的人，孙子们长大了，本该享福的她却闹着要自己开伙。她一闹起来，脾气倔得像头牛，我们谁也没办法，只好随她。后来才知道，她不仅仅是因为糖尿病导致饮食习惯发生了变化，而是终于拥有了"自由之身"。

小时候，我很期盼能像隔壁小兰一样有个会织漂亮毛衣的母亲，长大后很希望有一个善解人意的母亲，后来我很希望有个不固执的母亲。

可是母亲似乎一切都不肯合了我心愿。女红？不会。说困难？那能有什么难的呢？比这更苦的事我都挺过来了。不固执？那可以，只是为什么要听你的，不听我的？母亲可是满腹的不服气。

后来，我明白了，幸福向内求，我只能求自己的宽容理解。后来，我渐渐理解了当童养媳的母亲，作为长媳的母亲，要有怎样坚强的性格、坚硬的双肩才能扛起岁月的大旗。她要风风火火地挣工分、做饭、洗衣，她要拼命地追赶分分秒秒。

40岁以后，我渐渐理解了母亲，理解一个人，当她用粗糙的手法快速糊上自己的伤口后，所有的伤疤会在某个沉沉的夜里苏醒。而母亲，就是突然闲下来才发现自己那里的痛。

疯狂地爱上旅游的母亲，喜欢匹处炫游的母亲，在我的理解是她想追赶岁月。是的，所有花一样的岁月都在忙碌地养儿育女、看护子孙中溜走，而自己能行动自如时一定要四处走走，看看魂牵梦绕的山水，瞧瞧心心念念的风景。

懂了母亲以后，我期望母亲健康百岁，这样她才能有充裕的时光走过她千思万念的土地，这样我们母女才有机会变成无话不说的"姐妹"。

2017年5月10日刊于《厦门日报》城市副刊

第六辑

父与女：我们是经过了
怎样的缘分才能成为互相
守护的人

爱，要怎么说

那时候的我特别想家，15岁的女孩独自置身于远远的福州，泪珠是廉价的饰品，夜夜滴落在床单和枕巾上。梦里总见养鸡养鸭的母亲、挑肥挑水的父亲在冲着我笑。于是，那个执拗的女孩终于知道，尽管常爱跟爸妈赌气，心中却是多么爱他们。

于是两天一封的信淋漓尽致地写着我的思念。我对往事感到歉疚：故意受凉不去上学；得不到表扬便藏起来不吃饭，惹得全家人找……那时的我以为父亲母亲只爱胖胖的哥哥、漂亮的姐姐，故意闹出许多别扭。长大后信中那份真挚的表白令我自己都感动。我告诉他们我的爱：爱母亲摸在我发烧额上的温暖的手，爱父亲陪我去夜校默默走的几里路……

父亲的回信总是淡淡的。他说："孩子，哪个父母不疼自己的孩子？看着你长大，会说话，会叫爸爸妈妈，那便是我们最开心的时候。"偶尔他也动了感情，说："我念信时，你妈妈又哭了。她说：'没想到这孩子懂事了，这些年的苦也不白受了！'"

我时常在想：信是多么好哇，它使彼此有隔阂的父子、母子心中都能明了彼此之间的爱。那爱是一股源泉，它使我荣获一等奖学金，使父亲种的菜、母亲养的鸭一片兴旺……

及至回家了，我却不知该如何将这满溢的亲情表达出来。父亲母亲终日劳碌，而我苦于为生活四处奔波，总是有太多时间交错开来。

时常看到扛犁荷锄归来的父亲、烧水喂猪的母亲，看着为子女成长而劳碌了一辈子的老人，我很想说："爸爸妈妈，我爱你们！"

但我终于只能笑笑，说着天气预报，谈着路边新闻。因为我知道，尽管他们心中一百个欢喜，但他们保证不习惯，会以为女儿发烧了。他们一如千千万万普通的父母亲，只是默默地不图回报地为孩子做着一切。好羡慕有些人，可以明了简洁地把仰慕、把感恩表露出来。而我，只能含蓄着一切情感。

都说"父母在，不远游"，可倘若我不远游，又怎能通过细细密密的字里行间重读父母亲的爱意；而年迈的老人，他们又怎知儿女心中涌动的感激和爱意？

唉！如果不是这样，那爱要怎么说？那份平平淡淡的爱难道就这样随着岁月磨砺而交错开、被埋没了吗？如果一个人，当他是孩子时，他不曾听父母说爱他；当他做父母时，他也没能听到子女说爱他——或许他心中曾汹涌着澎湃的爱意，或许他无可奈何地接受了一切，只是他心中是否会有许许多多的遗憾呢？如果这样，那是多么可悲的呀！

谁能告诉我——爱，要怎样说呢？

1996年10月22日刊于《厦门晚报》

健康是福

父亲住院的消息传来，我不顾前晚工作到半夜，哈欠连天地坐上颠簸的长途汽车，去探望父亲。

看到父亲时我的眼泪直打转。疾病是可恶的魔鬼，才两三个月未见，原本健壮的父亲枯瘦如柴。他有气无力地躺在病床上，显得那么瘦弱无依。

父亲劳碌了一辈子。14岁就挑起了养家的重担，16岁就从家乡来厦门岛内打工。父亲帮助众弟妹成家后，又含辛茹苦地养大了我们五兄妹，直至我们各自成家。父亲是全村出了名的勤劳人，烈日炎炎，他仍挥汗锄草；父亲是全村出了名的节俭人，对吃对穿他一向很抠门儿，一碗地瓜稀饭配酱菜便是他最喜欢和最常享用的"套餐"了。父亲从未在意过自己，他一直以为自己的身体是铁打的、很棒的，我们也从未注意过父亲，因为我们一直很信任他，从小到大，在我们的印象里，父亲就像一个不知疲倦的时钟，无时无刻、无怨无悔地劳作着……

一直以来，我们都以为父亲是大人，而我们仍是小孩，直至站在瘦弱的父亲面前，我才发现，父亲老了。而我也长成30岁的大人了。我上前握住父亲的手："爸！""唉！给你们添麻烦了！你看，都是因为我……"

父亲知道自己生的病要花上数万元时，一直不肯就医。他说想采草药试试。我知道他是舍不得花钱。尽管经济上捉襟见肘，但我仍笑着对父亲说："爸爸，咱不想这！钱呢，你让我们想去。你呀！就想怎样尽快强壮起来！"

父亲，几十年了，你一直忽视你自己，忽视你的身体，不知辛苦地劳作着。而现在人老了，也该让紧绷的弦歇歇了！父亲，健康是福！你的健康可以让我们做儿女的放心地去工作学习！你健康，才能让我们更快乐！父亲，健康是福，只有拥有健康的身体，才有福享受明媚的阳光。父亲永远健康，这是儿女永远的心愿！

2001年8月17日刊于《厦门日报》

竹编往事

正是秋末时分，稻子开始孕育金秋的光芒，风里风外都是一派祥和的喜气，再过些日子，那春天里种下的秧苗就成了成担的稻谷了。

父亲往往在这时开始他的篾匠活儿。每次我在这个季节回家，还没进家门，看到溪边倒下的竹子我就知道了。而后我就看见父亲怀里抱着那青色的竹子，手里拿着篾刀，"哗哗哗……"那圆圆的竹子就变成了一条条的竹条子。竹条子里面还有厚厚的一层芯，白白的，有些还有节眼儿，这是不能用的。父亲又将每条细细的竹条剖成两部分，一个是穿着青衣的竹条，一个是穿着白衣的竹条。穿青衣的竹条时常被委以重任，因为它有韧性，可以柔软地弯成人们所需要的各种形状。

父亲在秋天里编的箩筐是准备用来盛稻谷的。他每次编的时候总是眉角含着笑，他细心地欣赏着竹子，看它们是否可以被委以重任。因为他要做的筐是用来盛满丰收的，这表明这年的收成又好了些了，往年的不够用了呢！

这时候，父亲总是理直气壮地占用很大的地盘，所有的东西摆满了家门口的晒谷场。破好的篾条占一边，圆圆的竹子占一边。有些竹条是为了编成筐的底座和封口的，因此"青衣"与"白衣"不用分得那么彻底。父亲每次剖竹子的时候，心中就要想好大约要多少的"青衣"与多少的"白衣"合在一起。他心中计算着，手里却不含糊，每次总是聚精会神的。因为这可不是一件一般的活儿。一不小心，破开的竹片就像一把利刀，一下子能将手划出个血道儿。

所以，每次我回到家，老远就看见父亲，看见专心致志的父亲正埋头于他的"伟大事业"，我总特别高兴。我会大声地喊："爸爸，我回来了！"然后走到他身边，看一会儿他做的活儿。父亲如果刚好在破竹子，他总低头"嗯"一声。而如果活儿刚好告一段落，他会拿出烟卷，惬意地吸上一口。编好的篮子筐啊什么的他总是要欣赏半天，竹子的清香让人特别喜爱。忙了一天的他偶尔也会很自得地说："拿进去，让你妈看看，我编得怎样！"

极少接触农活儿的我总觉得父亲编的篮哪筐啊太过粗糙，一点艺术感都没有。虽然父亲忙了一天，从砍竹子开始，到把它们运回家，然后小心翼翼地破竹，计算用量，然后用心编织，最后用手拍拍沾在衣服上的竹屑，孩子似的说——做好了。我知道父亲等待着我的夸奖，但我实在不好意思告诉父亲——现在做好的一挑筐才15元，不但已经上好漆、绑好绳，而且外表看着比父亲做的强多了。因此，父亲的渴望往往落了空。

今年的秋天，我也一样在秋风里回家，秋风依然让金黄色的稻子起了波浪。但是我回到家，再也看不到眉眼含笑的父亲了，更看不到竹子在父亲的怀中跳舞了，也听不到父亲那满含赞许的"嗯"，当然，更看不到辛苦了一天，孩子似的等待着夸奖的父亲。父亲已经长眠，只留下我在秋风中流泪，一看见青翠的竹子我就流泪。可怜的竹子，再没有人眉眼里含着赞许的笑专心致志地看它们了。

一看到父亲编的篮子、箩筐和簸箕，我总忍不住说："父亲，其实你的编竹手艺已经很好了，毕竟你不是专业的篾匠，你只是业余的，你已经很棒了！"

可是，父亲再也听不到他一直期待的那句话了。

2002年11月27日刊于《海峡生活报》

父亲博饼

"我博到了对堂，看！一二三四五六！"黑瘦的父亲高兴得差点跳起来，而6岁的侄子运气旺得出奇，一下子就博了个五子带六。我这个姑姑，虽然博得了一次状元，可也只能拱手相让。老家棋盘式屋子里，瓦片似乎也没能盖住笑声，噼里啪啦的鞭炮声，在月圆之夜，更张扬着一股喜气，山风薄来，写满了酣畅，虽然"状元"也仅仅是一颗胖胖的平和蜜柚。

那是9年前的中秋，那时，博饼之风远没有现在这么盛行，特别是在我的老家同安莲花。只有我这个"见过世面"人，才能带回来如此好玩的游戏。父亲那些天很有些得意，他四处向亲戚邻居炫耀："我刚刚会博饼，就博到了对堂，我女儿博到了一次状元，我孙子博到了大状元！"多好哇！亲戚邻居们纷纷说，你们家手气都那么旺，一代比一代强，真不简单哪！父亲听了，沟壑纵横的脸乐成了一朵花，与黝黑的皮肤相比，牙齿显得突兀的白。

后来，父亲到西堤码头上看车收停车费。凌晨，从海沧、龙海等地来的鸡鸭蔬菜，把个码头充盈得满满的。父亲很珍惜这份工作，虽然工资低了点。那年中秋，我带了一盒饼，想到码头上与父亲博饼。但父亲很索然，说人少，又说很忙，最后说饼太腻不好吃，然后又忙着起身收停车费。我只得早早回去。后来母亲说，父亲其实很爱博饼，他趁着休息的小半天，把月饼带了回来，聪明的小侄儿又得了状元，父亲高兴得还抿了两口小酒，说饼又甜又香。

再后来，我换了份工作，一到中秋特别忙。父亲那儿也少去了，我认为他似乎并不十分爱博饼，再说自家人嘛，有的是时间。

我没想到的是父亲没有留太多时间给我。一到60岁，单位里便让父亲"解甲归田"，父亲很怅然，那也是一个中秋，父亲提着单位发的月饼，长长地叹了一口气。我坐在门口，看着父亲慢慢地收拾行李，一大袋衣物中，大红的月饼盒子很刺眼。回到家，父亲没组织博饼，虽然父亲已稔熟了规则。

父亲已走了3年，自他走后，一到中秋，我就对回家博饼变得举棋不定，我怕骰子一掷下去，就会一下子勾出母亲的泪，母亲一定会抹着眼泪说："你父亲第一次学博饼，就博得了对堂，还四处跟叔伯炫耀呢！"不过，我又很想陪母亲博博饼，因为我知道，中秋最需要我们陪在身边的，是家里的高堂。

2005年9月16日刊于《海峡生活报》

第七辑

母与子：这世间生死相连的纽带

致儿子

亲爱的阳阳：

看着你这个比我高一头的小小少年开开心心地切开13岁的生日蛋糕，妈妈心里真是感慨万千。

2003年8月4日，那是个让我永生难忘的日子。剧痛中，你呱呱坠地，小脸红红的、皱巴巴的，但是嘴巴吮吸却极其有劲。那时的妈妈，不由得赞叹生命的神奇——看哪，这小家伙有3.4千克重呢，身高也达到52厘米。

渐渐地，你让妈妈赞叹的事越来越多。3个月大的你就会用歌声唤醒贪睡的老爸；你用哭声明确表达自己的需求；你还早早地学会翻身、走路；虽然你话说得晚，但是你一学会说话就那么让人惊艳，因为你说的都是一连串生动的词，你说月亮像个会发光的圆盘儿，你说阿嬷煮的加了红萝卜、瘦肉、香菇、虾米的咸饭是"啰唆饭"，你会问："爸爸妈妈说的就一定是对的吗？"……

你是那么懂事明理，当妈妈告诉你，台风来了，爸爸妈妈要去值班时，才3岁的你点点头，同意一个人待在家里。室外电闪雷鸣、狂风大雨，当我赶到家时，已是深夜11点，一直担心着你的我，回到家，看到灯关了，蚊帐放好了，而你自己盖着被子正在睡梦中。那时，妈妈是多么自豪哇！当妈妈急火攻心地让6岁的你从龙眼树上下来时，已爬上树干的你虽然很不情愿，但还是下来了。在众目睽睽之下，你并没有闹脾气。但是离开了众人的目光，你严肃地对我说："妈妈，你应该允许我做一些属于男孩子的、虽然有点冒险但不危险的游戏。"那时，妈妈是多么震撼哪！

你是那么会照顾人。当看到妈妈一脸疲惫时，你总是贴心地问："妈妈你怎么了？"当见到妈妈不舒服时，你总会说："妈妈，有什么事我可以帮你做的？"每次看见你快乐地帮妈妈做家务，妈妈是多么欣慰呀。

这是10岁前的你，孩子，妈妈很爱你，喜欢你依恋妈妈的样子，喜欢我们母子同心的感觉，更喜欢看你每天兴致勃勃地探索着，学习着各种知识。但是10岁后，情况渐渐变了，你变得有主见了，不愿做妈妈身后那个亦步亦趋的小男孩了，你拒绝妈妈再给你理小光头，用不合作来拒绝妈妈的指令。你曾经和妈妈在筼筜湖边玩失踪，那个漆黑的夜里，看着被冷风吹皱的湖面，看着斑驳灯光后静默的树影和怪兽般的灌木丛，妈妈是多么焦虑和恐惧呀。

孩子，我真的很期待一种更加和谐、更加温馨的母子关系。慢慢地，妈妈发现，你就是你，是不一样的存在，并不是妈妈的附属物，不是只会听妈妈话的小乖宝。你不断地完善自己，小学高年级时，通过努力，你的数学成绩一下子从80分上下提高到95分，这让妈妈多么惊喜呀。慢慢地，妈妈不断地懂得了：我于你，不仅是给予你生命的妈妈，更渴望是你人生的导师；而你于我，不仅是传递血脉的儿子，更是我不断发现自己不足的朋友。是你的到来，让我看到自己身上种种不足……谢谢你，儿子。

我亲爱的儿子，人生的路还很长，渐渐地你会发现，当努力变成一种习惯，你将收获喜悦、成功和幸运。真心祝愿你能实现自己的梦想，拥有自由的快乐人生！记得，无论何时，爸爸妈妈永远是你的港湾。

永远爱你的妈妈

2016年10月10日刊于《厦门日报》城市副刊

儿行千里　有爱相依

9月10日起,下班回家似乎变得不那般热乎急切,厨房也失去磁石般的吸引力,因为那个无论我煮得好不好都吃得圆圆滚滚的忠实粉丝去上大学了。

慢悠悠地回到家,以前下班后就充分运用统筹学,洗切煮炒蒸炖、十八般武艺全使上的人,突然间像绷紧的弹簧一下子被松开——泄了劲儿。做饭没劲儿,吃饭也没劲儿。儿子上大学的第一天临睡前,我捧着手机,眼巴巴地渴望微信上能跳出对话框。

也许真是心有灵犀。儿子的微信对话框里真的跳出一盘菜,一个白碟上装有米饭、青菜、蘑菇、马铃薯及三层肉、"狮子头"。嗯,看着还不错。正想问多少钱,对话框里又弹了出来:14元。不错不错,我仿佛吃到这份美食似的,开开心心地去睡觉,一夜无梦。

第一个周末早上,我收到了许多张学校风光图,有学校大门的,看起来非常气派;有学校风景湖,蔚蓝的水面上居然有黑天鹅……看得我如本人亲临般,嘴角上扬。

第一个周末回同安,婆婆和妈妈分别喜滋滋地告诉我:"我昨晚接到金孙打的电话了,他告诉我在天津吃得不错、住得不错,我真是太高兴了。"两位年近八旬的老人家,都笑得像一朵菊花。

前些天,收到孩子微信群聊邀请。当爹的担心,一开口就问:"儿子,你微信上不是说自己忙得分身乏术吗?怎么有空打电话?有事吗?"千里之外,儿子说:"没事没事,我就是担心你们担心我,所以给你们打个电话。"听到这一句"担心你们担心我",我忽然没来由地想哭。

是啊,儿行千里母担忧。谁家的父母不是这样的。像我,清晨起来,拉开窗帘,看到下雨就会担心孩子没带伞;黄昏夜幕降临,就会想孩子有没有吃饱饭,有没有准时睡觉。

天下的爸妈都是一样的。就像我的父亲,在我15岁离家到福州读书时,家里没安电话,他送我到福州返回同安后,还特地跑到邮电局给我打电话。宿舍阿姨喊我接电话时,我惊讶极了,问道:"爸爸,有什么事吗?"爸爸说:"没事没事,担心你担心我有没有到家,所以给你打电话,告诉你我到家了。"

担心你担心我。所有血脉相连的人爱相随。因为担心儿子担心我在家里三餐不规律,我也特地给儿子发了我三餐的照片,发了去户外游玩、读书的照片,告诉千里之外的儿子,不用担心,老妈的业余生活丰富多彩。

我还经常给儿子发一些名言,如"敏于事而慎于言""文章经国千秋业",一如20世纪70年代生的我们,喜欢用格言治家律己。而儿子发给我们的,经常是一些"如何防止痛风""如何防诈骗",一如"00后"的他们,不要心灵鸡汤,只要实用技巧。

儿行千里,有爱相依,感觉很温暖。担心你担心我,所以我们都要彼此努力,活得漂亮,开心如意!

2021年11月15日刊于《厦门日报》城市副刊

想要花还是树

"咦，儿子呢？"

那天，我把脸紧紧地贴在贴了膜的窗玻璃上，瞅了半天，愣是没有发现原本应在教室里的儿子的身影。

惊得我后背直冒冷汗，挨了大半个世纪似的，终于等到那位外教开门。

天哪，教室里是什么场景啊？5个小朋友，东倒西歪地围成一圈，一个头发短的抓住了一个头发长的，都在挤眉弄眼。年轻的黄头发外教，半蹲着瘦高的身子，嘟着嘴，做着鬼脸，笑眯眯地用目光阻止他们。

急吼吼的我，按捺着怒和急，结结巴巴地问："Where is my son？"才发现，5岁的儿子躲在教室窗帘后面，把自己扮成了隐形人，捏着一个奥特曼玩具，着迷地把它扭来扭去。

我恨不得立马扯住儿子的耳朵，又碍于有一帮人在场；恨不得找外教理论，却不知如何表达。我只好狠狠地拖着儿子的手，悻悻地想离开。却被外教拦住了，他指着我的手，微笑着。我只好松手，一看，儿子的手上，有一个大红五爪印子，而小小人儿眼里蓄着泪。

这一节课，可花了我120元哪。为了不让孩子输在起跑线上，我们几个幼儿家长托人找了这个外教，这是一个尚在厦大留学的学生，推荐人说他很有经验且品学兼优。于是，一位家长就腾出一居室，作为教室之用。

一开始，我不太放心，经常对儿子循循善诱："儿子，学英语好玩吗？""好玩！"儿子笑眯眯地说。"想不想去学？""去。"每次看到儿子乐呵呵的，我也就放下心了。虽然过后，有几个家长老嘀咕着："都学了好几个星期了，怎么连个ABC都搞不清呢？"我却想：启蒙教育嘛，重在培养兴趣。

真没想到，儿子是这样上课的！我大失所望。回家后，我打了几个电话给其他家长，发现大部分孩子没去上课了，剩下的孩子也准备打退堂鼓了。

我打电话给推荐人，她也觉得不可思议。

过些天，推荐人回复道：外教说这是快乐教学，重点是快乐呀。

我想：如果让孩子一整天无拘无束，他一定很快乐！

我气呼呼地为儿子停了课，为儿子又换了一个英文老师，可儿子老抱怨：老师没笑容，老要抄写，还要坐得端端正正的，屁股很累，而且没有游戏和玩具。过了几天，儿子就赖着不去了。

多年后，当平静了急功近利之心的我，才真正了解到，5岁的男孩，属于狗也嫌的年龄，天天活力四射，希望舞剑弄棒，恨不得上天摘星弄月，想要他乖乖地如小猫咪一样毕恭毕敬地洗耳恭听，那毕竟不太现实。

多年后，经历了种种酸甜苦辣的我，才想起那位外教说的那句话："Which do you want, flower or tree？"（你想要哪一个，花还是树？）是的，我问自己：你想要一朵花还是一棵树？一朵花，如果是牵牛花，从放种子入土起，不超过一个月，就可看到吹着喇叭的娇艳花；而一棵树，种了30天，仍是蔫蔫的样子，想要一棵树，需要更多的耐心和信心。

"玩是孩子的天性。"

"兴趣是最好的老师。"

"蹲下来，跟你的孩子说话。"

"孩子是你的玩伴，不是你的私人财产，不能想打就打、想骂就骂。"

"孩子是未来，未来一定胜过大人。所以，不要用权威来压制他们。"

多年后,我终于知道,儿子的外教,也是我的启蒙老师。

刊于《厦门日报》;获2014年"情结厦门　梦圆特区——我与外专外教"征文优秀奖

五岁儿子教我做环保

那日,我正挽着袖子在厨房忙得不亦乐乎,耳边响起5岁的儿子小心翼翼的声音:"妈妈……"

"不用急,一会儿就有的吃了!"我脸朝着洗菜池,手脚更加麻利了,"哗啦啦"的水声伴着洗菜声。

"妈妈……"

"怎么了?"我回过头,看见儿子嘟着嘴。

"妈妈,你可不可以把水龙头拧小一点。"他一字一顿地说,哦,我还以为他会提吃零食或看动画片的要求。

"为什么呀?"

"因为地球上的水已经很少了,我们不能浪费。"

"是谁教你的呀。"

"我们老师说的。"

"你们老师还说些什么呀?"

"我们老师还说,地球是我们的妈妈,要保护她。尽量少用塑料袋,尽量坐公交车上学。"

"你们老师真棒啊!"

我一把抱住儿子,盯着他那亮晶晶的眼珠:"好孩子,妈妈知道了,那你说,应当怎么洗才不会浪费水呢?"

儿子踮起脚,把那哗哗的水龙头拧得只剩下一条水线,然后满意地说:"就这样!"

"哗哗"的水声没了,我心里却热乎乎的。我知道,为了让妈妈听到他的声音,儿子用了他少有的坚持。而且,我认真观察,他还真的"言传身教",每次洗手总是把水关得小小的。

现在,看到别人把水龙头开得哗哗响,我也会上前提醒;到了菜市场,我尽量带上环保袋,拒绝塑料袋。在家里,我们学着折纸盒装垃圾,用报纸包果皮,把淘米水拿来浇花,用漂洗衣服的水来拖地板,拿拖完地板的水冲厕所……

刊于《厦门日报》;获2008年动感地带"节能减排 从我做起"征文大赛最佳征文奖

第八辑

往事如风:我们在往事中成长、成熟,却越长大越怀念过往

断了带的书包

现在的书包是越来越漂亮了。米老鼠、唐老鸭、小花猫一只只调皮地爬上了孩子的肩膀,爬入他们甜蜜的梦乡。每当看到孩子们肩上背着的跳跃的快乐——那崭新的书包时,我总想起我的童年。

读书上学是我儿时最得意的事情。因为同村同龄的女孩中只有我一个人可以神气地背着书包与男孩子一起去上学。书包是母亲赶制的,一块块小碎布拼缝在一起,便拼出了母亲的聪明与美丽。第一次背在身上,我感觉自己像个小公主,兴奋得两颊绯红,鼻尖冒汗。

三年级时,那个书包被藏了起来,姐姐说它太小太老土了。于是姐姐的积蓄便成了我肩上的小挎包,绛红色的,实在惹人喜爱。第二天天还没亮,我就背着它到了学校,在大操场上雄赳赳、气昂昂地走来走去。

上初中了!全家人和我一样兴奋。爸爸把他平时舍不得用的小提包拿了出来,妈妈把它刷得干干净净。提包是银灰色的,长了两个"小耳朵",上了蜡的拉链,"唰"的一声便吻合了,干净利落。我拎着它走了个来回。哇,感觉好极了!电影里的人也拎这种包呢!

报到时我拎着包神气得很,把背着布包的同学看得耳热。或许是我的书包太显眼,或许是我的趾高气昂太刺人。一位黑黑壮壮的老师向我走来,很严厉地看着我:"那个女同学,你过来!"

他盯着我的脚。脚上穿的是姐姐的拖鞋,太长太大,我简直穿不动。但是我没有自己的鞋。我忽然想起校门口的通知:"入校不准穿拖鞋!"看着他慢慢地走过来,我撒腿就跑……

忽然，"哗啦"一声，那两个"小耳朵"中的一个断了。由于匆匆忙忙，拉链没顾得拉上，书全掉到操场上了。我心疼地把它们一本本地吹干净……

"为什么老师叫你不应？"气喘吁吁的老师终于赶上了我，"不许穿拖鞋上学校，不许不理老师。"而后他命令我拎着拖鞋，原地站半个小时。

山村的阳光灼热地晒着，没有树影，只有如水般潮涌的学生。在他们新奇的眼光中，那个一手拎着拖鞋、一手紧抱着提包、满脸通红地站着一动不动的女孩简直是一道奇特的风景。刚才那神采飞扬的皮包现在蔫蔫地趴在稚嫩的胳膊间，像个过气的明星……而我在阳光下暗暗发誓：日后我必定穿着皮鞋、背着皮包，威风凛凛地出现在这位老师面前……

父亲因为我不珍惜他的爱物而拒绝给我新书包，母亲教导我要自己动手。我只好哭着把它缝了。但不久带子又断了。于是我只好天天抱着它去上学，一路总招来许多好奇的目光。

第一学年结束了，我以优异的成绩获得了全校唯一的一份特等奖学金。站在那高高的领奖台上，全校师生都认得我是那个抱着书包上学的女孩。"去买个新书包吧！"那个黑黑壮壮的校长微笑着说。15元的奖学金，可以买个最漂亮的书包。但我只花了5角钱，请人缝好，而后它陪着我品尝了初中三年的酸甜苦辣。

而今，它退休了，静静地挂在父亲的房间，陪着老人品着缭绕的烟。但它总使我想起童年，想起那个灼热的9月………

1996年9月14日刊于《厦门日报》

我不认识你

　　凌晨5点,从麻醉中醒来。住院部很安静,姐姐趴在我的床边睡着了。我感觉肚子很疼,一条白色的输液管里,缓缓地向下滴着红色血液……

　　想起昨晚的阵痛及煎熬,心中仍忍不住抽搐,那如海浪般涌来的酸痛,那如鱼儿离开水般的挣扎,还有医生的惊呼:"快快,快没有呼吸了!"然后,听到"哇"的一声哭泣后,我那紧绷的意志全面崩溃,随后身体失去了意识……

　　静静地听着输液管里轻轻的"滴答"声和姐姐均匀的呼吸声,感觉真是天籁,仿佛重生。

　　"咦,你醒了!"姐姐揉着眼,挣扎着起身。"哇,昨天你昏过去了!夜里输了好多袋血!一开始,医生还说可能没存那么多袋血,可把大家吓坏了!"姐姐眼睛仍是红红的。难产!如果没有足够的血包,不能及时输血,那……真不敢想象!

　　护士来了,笑眯眯地递给我一个包得结结实实的小包裹——看看你的成绩吧,小王子呢!

　　我亲爱的小王子,他的头发柔软,皮肤粉嫩,他还在自己的梦中微笑,他是我的生命,真想象不出我居然可以生出这么柔软而甜蜜的生命来。

　　护士又来了,拿了一张费用清单,输血2400毫升。还好,有这么多的存血,才能让我这么清醒地看到这张清单。

　　记得每次献血,最多也只是200毫升,隔壁的阿姨还一直提醒我:"你那么瘦,还去献血!"现在,2400毫升别人献的血在我的体内流淌，变成了我身体的一部分，使我能够再度睁开眼睛看到这美好的一切，看到我的小王子。

想起那次参加献血颁奖晚会，看到有的人献的血累计量居然相当自己全身血液总量的4倍，有的人多次献出造血干细胞，有的人因为是"熊猫血"，为了应生命的"SOS"，竟然接力打"飞的"火速从外地赶回……

想起压在箱底的那张献血证，想起那因献血而结的善缘，突然想到："我不认识你，但你的血却在我身上流淌；我不认识你，但我的血可能在你身上奔涌。"

我们互不相识，但我们沐浴着同一片阳光……

我不认识你，但你不是别人，因为我们可能拥有相同的血。

你不认识我，但我也不是别人。

爱人者，人恒爱之；助人者，人恒助之。

献血，助人更是助己，是给予更是收获，是付出更是存储，这是对他人和自我最实诚的爱。

获2014年"我献血我快乐"征文优秀奖

松针岁月

山风清冷，迎面扑来，带着松针香味。星期天慵懒的早晨，约上家人去爬仙岳山世纪纪念林，走着瞅着，看到这临近海沧大桥最近的山体公园变得越来越漂亮了，心中感慨万千。看到蜿蜒而曲折向上的石径旁，静静地躺着织得细细密密的暗红色松针，更忍不住心潮汹涌。

松针，可是我童年时最经常接触的东西。少时，因为烧柴火，故而家中的灶膛就像一个不知疲倦的大肚子，需要每天喂饱它，然后才能有我们那冒着热气的汤汤水水。大人们忙于田间重活儿，拾柴火之类的轻活小活儿就是我们这些10岁左右的孩子该认的活儿了。

我喜欢的也是这种活儿，背上柴筐，拿上竹笆，约上几个小伙伴就可以快乐地出发。我们一般都到树下扒落下的叶子，但因为僧多粥少，故也很考验功夫。有时，走了很远的路，却被别人捷足先登，只好捡些"剩汤残羹"。

烧柴的树叶中，以松针最好。竹叶虽然较常见，草木灰出产率也很高，但是火力不旺，很温柔地"噼啪"一下，火就小了；相思树叶居中，但是火力也较软；木麻黄叶更好些，它的火苗可以蹿得高些；而最理想的是松针，抓一把放入灶膛中，轻轻点上火，只见它立马热烈地燃烧起来，热情地温暖灶膛，亲热地舔着锅底，让人一下子就感觉到它的热情万丈……在松针的激情燃烧下，锅里的汤咕咕地唱起歌来，热腾腾的气儿从锅盖下冒了出来，温暖了被熏得黑黑的灶房，也暖了洗手准备吃饭的大人们的身心。

松针长得一点也不起眼，细细的瘦瘦的，顶尖真的是一根针。小孩子没什么玩的，有时也拿松针玩。"哈哈，听不听话，不听话就用松针扎一下；你输了，罚被松针扎一下……"小孩的游戏是淳朴的，扎也是象征性地轻轻碰一下；但是被扎的人一定得装得很痛的样子，这样才能博得同情的分数。轻轻地用松针扎就像被小蚂蚁咬，有点痒而已。但如果真的用力了，那可是像被穿线针扎一样疼。松针松果总相伴，咧开嘴的松果也是灶膛里受欢迎的家伙，但它们只适合拿来扔着玩，且不能扔得太准，因为松果上也长着细细的针，被打到了可是非常疼的。

而最开心的是遇到厚厚的松针毯，它们错落地躺在一起，织成了色彩温暖、脚感柔软的松针被，让人很想舒舒服服地躺在上面眯一下。阳光透过树上的松针点点漏在脸上，山间有着让人放松的鸟儿大合奏，林间满是让人温暖的松针香味……那真是一种让人怀想的童年味道，因为心中还装着满满的欣喜，那是发现一种可以让家人温暖、让肚子温暖的宝藏的感觉，那是一种认为自己非常富有和能干的感觉。

想想现在孩子的童年，四处飘着养眼的芬芳和令人眼花缭乱的选择；而我们的童年，却如瘦瘦的松针，干瘪而不起眼，偶尔还有被扎的疼，但是因为能用自己的双手温暖家人，因此也有了积累的欣喜，有了燃烧的快乐，还由于能够积累一些明净的友谊，故而就像拥有宝藏一样开心。

发布于公众号"厦门叶玉环　与你温暖同行"

露天的心情

　　儿时看电影简直有一种过节时才有的欢乐。常常一听说邻村要放电影，便急急地吃饭，兴冲冲地赶路，每人扛一小张折叠椅，一路呼朋唤友"看电影哦，看电影哦"。那时电影少，除了农村科教片，便是哪家的孩子考上大中专学校而请来播放的。这时，方圆几里的男女老少都乐呵呵地围拥过来，共享这份喜悦。

　　那时的露天电影很简单，在平平整整的晒谷场上立两根柱子，绳子一横，白布一挂，便是令人望眼欲穿的银幕了。绝对没有验票老头要你掏腰包，人们就自自然然地坐在一起，椅子矮的摆在前面，高的摆在后面。

　　电影开演之前，各村各路的人都早早到齐了，张家媳妇李家婶子难得碰一面，鸡毛蒜皮事叽叽喳喳地说个不休，小朋友们也不甘寂寞，碰到同学就把椅子挪近了，说悄悄话。

　　最撩人心魄的是那摇拨浪鼓的。"卖冰棒卖瓜子卖梅子……"他们似乎在每个露天电影上摇着鼓，然后把叫卖的诱惑声传得很远，像一条小虫儿偷偷咬你的心。最让人受不了的是你隔壁伙伴已有了一袋瓜子或一根冰棒，正有滋有味地咂巴着，那时小馋虫将爬经你的每处毛孔。没钱时我总是正襟危坐、目不斜视。

　　电影开演了，所有的喧哗都停止了。人们全屏住了呼吸，专心致志地看。偶尔看到可笑的，总不约而同地开口大笑；看到伤心处，全场的人都在擦眼泪，"吸溜"地吸着气。没有人不好意思，只有投入的共呼吸，只有露天电影清明祥和的气氛。时常电影放到一半换带了，于是大人们重拾起谈了一半的话题，小孩子们则奔跑着捉迷藏。偶尔哪个孩子贪睡了,他的母亲也只揽着他,让他继续酣畅的梦。

时常在想,现在的孩子是幸福的,但他们的快乐不多,城市总把快乐像圆满的蛋糕那样分给每人一小块,让人自私地藏在口袋,正如电影院里一个个冷漠的包厢;而山里的孩子是清苦的,但只要有一点点甘甜便酿成快乐,并且大大方方地分享,正如一场露天电影。

1996年11月15日刊于《厦门晚报》

一路生花
YI
LU
SHENG
HUA

火　花

那一阵子，母亲很奇怪，一向不爱钻灶房的我怎么会老往灶房里去。她也问过我，我总是"狡猾"地不说。但母亲很快就知道了，她说，好哇，你把那些火柴盒的"脸"都撕了下来了！

真的，不只是母亲的，连同婶婶家的，火柴盒一律没了她们所说的脸——"图标"。而这些图标早已静静地躺在我的书页中了。而且它们有一个很美丽的名字叫火花。这些火花经过我认真的保存，渐渐地显露出它们高贵而娴静的气质来。感觉最美的记忆、最深也最让我怀念的是探春与惜春这两张火花。你看，她们生动的表情，她们姣好的身姿，真的让我感觉非常美。记忆中的探春更美些，她婀娜多姿、眉眼生动、衣着俏丽、栩栩如生，而我对林黛玉、贾宝玉却并没有什么印象。

后来的我不再只是围着母亲的灶台转，因为我实在不知道母亲什么时候会拿出新的火柴盒来。再后来，我侦察到所有的火柴都是父亲一次性地从店里买来的，而且是整整的一包12盒，我开心得不知道说什么，于是我趁父亲高兴，让他给了我整包的火柴盒。然后小心翼翼地一张张撕下来。有时很遗憾，因为图片上有黑色的东西，把图片污染了，只能不撕了。收到这些火花，我像捡到宝贝一样，乖乖地答应父亲一定考个年级第一名回来。

那是我小学一二年级时的事了，儿时培养的争强好胜的性格让我在学习上一向不甘人后，也因此获得了更多的进修机会。后来我自己拥有了一套完整的《红楼梦》，在所有的人物里，我最爱的仍然是探春。虽然她在群芳争艳的红楼梦大观园里实在无足轻重，但她的美在我心中已深入骨髓。

　　集火花的热情随着打火机的出现而逐渐消失，那些美丽的东西也随着多次的搬迁而不知去向。唯有年迈的母亲在春节后来做客，走入我电子打火的空混气厨房时，突然说："你那时真是的，把所有火柴盒的'脸'都撕了下来，多难看哪，害得我每天早上再也不能面对那些漂亮的美女或是美丽的山水。"

　　是啊，想想母亲在天蒙蒙亮的时候，如果划燃第一枚火柴时，看到的是美丽可人的探春，那她该多高兴啊！可她后来看到的都是一张平平板板、空空洞洞、毫无生趣的"脸"！

　　我突然明白了这些也许很美丽、也许很平凡的图为什么会叫火花，因为它将点燃划火柴的人心里美丽的花。

2003年2月12日刊于《海峡生活报》

寂寞的传呼

不知什么时候，城市的边边角角像养了许多蛐蛐，许多人的腰间也像带着个定时炸弹，声音总在某个寂静处响起，惊走人们的遐思，引得人条件反射似的东张西望。

同事中周先生最早拥有传呼。起初，他把传呼金色的夹子夹在裤兜边；接着他把传呼别在裤兜上，把夹子别在腰间；再后来，他把传呼别在腰间，仿佛突然之间有了支撑，有了主心骨，他的腰一下子挺直了许多，走路时手大幅度地摇摆。他回传呼时声音特别洪亮，偶尔有人打错了，他便把着电话教训半天，末了说："连传呼也不会打！"

后来同事们都有了传呼，互相交换传呼号的风气便蔓延开来。唯有我一直熟视无睹地生活在一片蛐蛐园中。

再后来，我也拥有了一台。我把那枚别致的扣子小心地别在裤兜边时，居然有些心动。偶尔在心平气和时收到朋友"99"信息，总心急起来。但终究没什么大事，无非是什么时候去肯德基或谭火锅之类的。偶尔急匆匆地回电话，却是打错了或人走了。有时，朋友质问我为什么不回传呼害他苦等，而我千真万确没收到信息。

总觉得有点累，平静的心中好像忽然之间炸响几个爆竹，虽然声响已过，但那浓烟仍缭绕不散，使人不由得焦躁。

同事相互交换传呼号码的风气已过，人们对那枚别致的扣子视而不见。于是我的传呼便静静地起着报时的作用。而心中竟有几分喜悦，不知是不是为了它的沉默。

1997年1月11日刊于《厦门日报》

难忘露天电影

"赶紧啰,晚上晒谷场上放电影。"

一回到家,听到妈妈喜滋滋地报告这个好消息,我变得敏捷而高效,快快地做完作业,再急急地扒拉几口饭,就抓起矮凳,呼朋唤友,直奔晒谷场。

一到现场,好家伙,还是来迟了。方圆几里的乡亲,早把偌大一个晒谷场占去一大半。隔壁村占了好位置的同学阿香,边得意地冲我挥手,边坏坏地嘲笑我:近溪搭不着船(离溪近还赶不上船)。

我悻悻然,出门时随手抓的是矮凳,如果坐到黑压压的人群后,保证只能看个"头"(前面人的头)。正面的好位置都被人把守了,我只能选离屏幕近但是斜得很的地方了。

说是屏幕,但其实就是一张大白布,挂在空旷的晒谷场上。

我灵机一动,拿着矮凳跑到大白布另一边的正面上,根据镜像原理,这只是左右倒过来而已。后来,许多迟来、找不到合适位置的人,也纷纷加入我的"团队"。于是,就形成了屏幕前后都有人的奇异景观。

老家的露天电影大多是从秋收后开始放。

秋天是收获的季节,考上学的、新入职的、添丁的……经常有人出钱演电影。淳朴的农民是开放的,露天电影演一场,远近乡亲都可分享。就像有了好事,恨不得传四方。

而听闻哪村有喜事,卖冰棒的、卖棉花糖的、卖甘蔗的、卖洋桃的,都蜂拥而至。令人感觉更加甜蜜,就像过年过节似的。

儿时看的露天电影里,印象最深的是《阿诗玛》,那些个深情款款的歌——诉说着亲情和爱情,至今记得"甜不过蜂蜜,亲不过母女。吃饭离不开盐巴,女儿离不开妈妈""夕阳依恋在青松上,我织布来你放羊""阿诗玛的心跟着阿黑去"等歌词。

那是爱情的启蒙曲,因为有爱才有情。因为有爱有情,彼此互相扶助,生活才能更甜蜜。

长大能够独立去旅行,我首站就去了阿诗玛的故乡。戴着那银闪闪的帽子,在那个山清水秀的地方拍照,我心里甜滋滋的。

我知道,儿时的电影在心里长了根,它们会发芽、会开花,成为我人生的营养。

乡亲们很喜欢的电影有武打的《自古英雄出少年》《少林与武当》《霍元甲》等,还有抗战的如《铁道游击队》等。父亲在我跳出农门时也请人放了一场电影,让乡邻们分享喜悦。我都忘记了电影的名称,只记得父亲一回来,就眉飞色舞地说:"乡亲们都说今天的电影太好看了!"

其实,好看的是露天下的开朗开阔,是旧雨新知相遇时的欢喜。是在月亮下听电影里那精彩对白和缥缈歌声时的欢欣,是别的小朋友没有冰棒吃而自己刚好有时的得意,还有可以自由选择进退的权利。

时光飞逝,但是洒满月光的晒谷场,沾着喜气的电影,呼朋唤友时的豪迈气概,一直回荡在记忆里。

而那些心爱的电影插曲,如一朵朵白云,常常载着我、载着梦飞翔。

获第28届金鸡百花电影节配套活动"约会老电影——情缘老电影"征文比赛三等奖

第九辑

有趣的灵魂：那些深交的、浅识的、擦肩而过的、需要深深铭记的

大爱黄仲咸

在车水马龙的吕岭路上,在小巧精致的莲花公园旁,在摩肩接踵的楼群中,很少有人留意到一幢建于20世纪90年代的大楼——必利达大厦。更不知道这幢大楼里曾住过一位举国闻名的慈善家。

极少人知道,这幢大厦的主人已于2008年7月30日驾鹤西去。更不知道,在主人离世后,他所创立的基金会仍每年捐赠给公益事业超千万元,仅2021年就捐出1700万元。已累计捐赠善款超6亿元!

这位主人就是大爱黄仲咸。

支持国家卫生事业50万元,捐赠给南丁格尔护理奖学基金60万元……类似善举数不胜数。荣登中国慈善家排行榜第七名,在新中国成立50周年庆典上受到党和国家领导人的亲切接见……

这就是黄仲咸,一位有家国情怀的人。他坚持"养金母鸡下金蛋",建大楼收租金实现基金会的"自我造血"。他坚持交税,作为慈善机构,黄仲咸基金会年年都是思明区纳税大户。

这样的人,曾低调在厦门生活了8年。在基金会理事长助理兼副秘书长刘清影带领下,我有幸踏进了黄仲咸位于必利达大厦顶楼的家。

令人震惊的是,2005年就身拥5.6万平方米写字楼、60亩土地、1.1万两黄金,身家超过4.4亿元的黄仲咸,家里居然没空调。房内没有任何显示出亿万富翁身家的物品,仅有的藤椅是旧的,地板是旧的,陪伴主人天南海北飞了近20年的行李箱是旧的,连拖鞋也是旧的。

岁月斑驳，细细的纹理看得出当初主人是如何爱惜这些物品，时光雕刻出一个至简的老人形象。

他落叶归根。从1959年作为印度尼西亚优秀华侨代表应邀回国参加新中国成立10周年庆典、受到总理亲切接见后，黄仲咸就一直行走在慈善路上。从20世纪70年代起，他就边经商边回国做慈善。2000年，他甚至变卖全部海外资产，把资金都带回国内。他说，做慈善需全心投入、无暇他顾。

他俭朴一生。身拥巨款，对慈善事业非常慷慨，对自己和家人却非常节俭。他以身作则，吃饭和员工一起，卧室仅10来平方米，夏天热得满身大汗也舍不得装空调。平时穿的衣服多是从地摊上淘的，轻车简从，坐经济舱，不住豪华酒店。他把所有资金全部转入基金会，仅给子女留下基本生活保障。

他勤奋一生。15岁背井离乡南渡印度尼西亚谋生，垦荒务农、筑棚养猪、创办工厂、开办银行……历尽艰辛。事业成功后，他就一直思考如何回报桑梓、报效祖国。他捐建的公益性建筑项目100多个，总建筑面积19万多平方米，奖助的学生超115050人次。

站在必利达大厦宣传栏前，听着刘大姐的介绍，看到那些印着岁月痕迹的照片，想着黄仲咸挥洒亿万元家财兴办公益事业、支持慈善工作的大气概，再想到刚刚看到的其简朴甚至有些寒酸的家，我不禁眼眶发热。

刘大姐说，后来，黄仲咸最大的财富就是家里那几箱受捐赠学生的来信。老先生亲自给学生回信："孩子，你不用报答我。你长大后，用自己的力量去回报社会、报答祖国就可以了。"

"博爱、奉献"，靠辛勤打拼获得亿万元身家，却又全部奉献给社会，这就是"商界楷模，慈善丰碑"——大爱黄仲咸。

2021年11月5日刊于《厦门日报》城市副刊

感谢有你照亮

今天,拿起每日必读的《城市副刊》,看到熟悉的名字,突然很想写一篇文章,送给亲爱的你。

以前也曾有这样的想法,但老担心有逢迎之嫌,故不曾动笔。而现在,不会了。因为,你的名字不会出现在《城市副刊》责任编辑的位置上了。因为,你退休了。

认识你有多少年了?记得,最初认识是在1994年,那个人人都纯朴得像白衬衫的年代。

我到《厦门晚报》编辑部,应刘凉军编辑的要求改稿子。那时,听到办公室里那爽朗的笑声、睿智的谈吐,很是羡慕。那个人就是你,那个30岁的你,脸上红扑扑,眼睛笑眯眯,长发飘飘。有两个深深"米窝"的你,冲我友好地笑。真是个好看的姐姐!得体的衣着,善解人意的笑容,那是刚毕业不久的我、青涩的我以为的成熟女人的最美模样。

那时你编的是"不夜城"版面,一大堆有着闪亮名字的人,常常出现在你的版面上,就像一串闪亮的星。而你,是串起星星的那根线。同时,你也是最亮的一颗星星——你是知名的诗人、作家。那时,《厦门晚报》作家星群尚未形成,连岳、司空小月未来,高渔、须一瓜尚在沉潜。那时的我,渴望有一天,能够有文章刊发在"不夜城",因为这个"不夜城",有你组成的群星矩阵。

不过,那时的我,文笔生涩,光有热情,投出的稿屡屡石沉大海。好在,有一束微光,闪耀在梦里。

那是"不夜城"吧,虽是高远冷光,但一直照亮我前进的方向。

后来的后来,《厦门晚报》的"不夜城"不见了,你去了《厦门日报》的"城市副刊",那也是我渴望到达的一块高地,因为那里有世相百态、人情冷暖。我不断琢磨,不断投稿。你不知道的是,第一次在"城市副刊"上刊发文章,我激动得哭了。因为,历尽千辛万苦,我终于到达了一直渴望的高地。也记不清被毙掉了多少稿件,我只知道,虽然有阵子,同在一幢大楼办公,偶有点头之交,但你从不曾因此而"手下留情"。但自从第一次在"城市副刊"刊发后,我的文章便开启了刊发、获奖的顺畅之旅。那时的你,《新男女关系》《青山看不厌》《穿越我身体的花香》等书签售不断,而你依然平易近人、笑容明亮,宛如一朵灿烂的菊。那是笔耕不辍后的云淡风轻,那是岁月的奖赏,是我以为的岁月磨砺后的美好模样。

后来,有缘走近你,才发现,其实凡尘中的人都有自己的一地鸡毛蒜皮。但你的岁月沉淀下来的,是调得恰到好处的明媚笑容,是午夜的昙,是芬芳的诗,是温暖的光,那是我最渴望的尘世洗礼后的出尘模样。

亲爱的姐姐,愿你退休后,在自己向往的空间,在自己最喜欢的维度,过成最想要的模样,酿出最醇最甜的蜜,温暖俗尘中的我们。

岁月微光,感谢有你照亮!

2019年1月刊于《厦门日报》城市副刊

注:黄静芬,知名媒体人、作家、诗人。著有诗集《午夜的昙》《穿越我身体的花香》,散文集《青山看不厌》《厦门日子》,情感随笔集《以自己喜欢的方式拥抱你》,非虚构纪实文学《新男女关系》等。

"拉风"阿姨

以前,早晨出门时,先生习惯自觉地捎上垃圾。这些天,他死活不肯了,一会儿说他着急出门,一会儿嫌垃圾没打包好,他还说:"你不把垃圾分类好,我就不去扔垃圾了!"

呀,这是什么态度?瞧瞧我,上班族一枚,每天累个半死,还要管爷儿俩早晚两餐,我容易吗?先生实在说不过我,就循循善诱:"你到楼下看看,那个垃圾分类阿姨都可当咱妈了,还那么认真,你好意思乱装一气吗?"

老实说,我也没乱装一气呀,"垃圾分一分,环境美十分",这道理咱懂,单位里也一直宣传垃圾分类的呀,我可是厨余垃圾和其他垃圾分得很清楚的呀,我满肚子的不服气。

扔垃圾的任务就这样无奈地回到我身上了。早上我雄赳赳地带着两袋垃圾出门,想让先生瞧瞧,我出去扔,怎么就不碰钉子?

快到垃圾桶旁,发现四下无人,几只绿色、黄色、蓝色的垃圾桶整整齐齐地摆在那儿。平时臭烘烘的垃圾桶,现在看起来倒也洁净可爱。

哈哈,没人,我脚踩起踏板,正要把垃圾往里扔,突然传来一阵急促的声音:"小妹呀,你等我一下可以吗?"

抬头一看,一位拎着一桶清水的阿姨急急往我这儿赶,水都快溢出来。

我点了点头,她匆匆赶到我身边,放下水桶,擦了把汗,说:"呀,我来看看。"然后把我的垃圾袋接了过去。

接着她拿着夹子就往垃圾袋里夹。"妹呀,这个厨余里的垃圾袋要放在其他垃圾。妹呀，这玉米棒子和肉骨头不能放在厨余，要放在其他垃圾。"

看着她像检查作业一样，细细地拨着各类垃圾，我忍不住尴尬，急急把另一袋垃圾递给了她。难怪先生死活不肯呢，原来每天早上他都要当面接受这样的检验。

不过，我有些不明白，玉米棒、肉骨头怎就不算厨余垃圾呢？我接连打了几个电话问了好几个社区工作者，他们异口同声地说，阿姨没错呀，这些东西不好降解，所以就不算厨余。我哑口无言。

接下来的几天，都是我扔垃圾，每天早上，我都看见那位阿姨拿着抹布，把垃圾桶的外面擦得干干净净，每看到一个人来，她仿佛接到订单一样高兴，急急接过别人家的垃圾袋，然后埋头在那儿又拨又夹。

那天，我把一个快餐盒连同一点餐余放在其他垃圾里，只见阿姨很认真地把快餐盒打开，把里面的米粒倒出来放在厨余，再把快餐盒放在"其他"垃圾桶……她的动作轻缓而坚定，却把旁边等着她接另一个垃圾袋的我臊得满脸通红。另有一次，我用报纸包了一大堆花生壳，扔在其他垃圾，而阿姨特地把报纸打开，把花生壳倒了出来，让我瞬间觉得自己仿佛是个考试偷看被抓个现行的学生。

回家后，我仔仔细细地把各类垃圾分个一清二楚，绝不像以前囫囵吞枣似的。

然后，我雄赳赳气昂昂地去找垃圾分类阿姨，眼看她一脸喜气，用闽南普通话说了一声"好"！感觉自己像拿到了通关令，兴高采烈地去上班了，一天都是好心情。

"垃分"阿姨，仔仔细细挑拣垃圾的阿姨，坚持原则不肯轻易放行的阿姨，把垃圾桶洗得像储宝柜的阿姨，其实是很"拉风"的阿姨。

2019年3月4日刊于《厦门日报》城市副刊

沧海老师

前些天同学聚会，看到沧海老师头发都白了，心里突然很伤心，因为在我的记忆中，他一直都是40来岁的样子，满脸明朗笑容。

那时的他住在学校教师宿舍里，边上有几棵伟岸挺拔的白皮桉树，每次给老师送作文本时，我总习惯地抬头望望那挺向天空的枝丫，仿佛那上面有无穷魅力似的。当时，老家的树，更多的是相思树和龙眼树，它们矮胖矮胖、郁郁葱葱，一副毫无城府、心满意足的样子。

老家是全厦门最出名的穷乡僻壤——莲花，没什么资源，但似乎因为大家一样穷，所以，很多家庭都苦哈哈地乐呵着。像我这样兄弟姐妹多的家庭，父母能养活我们已经算不错了。而我能读到初中，全因为有父亲每天披星戴月、沉默执着地在地里刨食。村里许多家长，早就盘算着早点让女儿拿了小学毕业证就去打工，许多一起上学的女伴似乎也心领神会，考试成绩能及格就好，所以一放学，大家就像麻雀似的，呼啦一下散了。

而我每天放学，总是独自拿着作文本走到沧海老师家，每次都能遇上温婉的师娘及热情的沧海老师，他总是欣慰地拿出另一本作文本，笑着说："写得不错，回去抓紧再写。"我每次总是喜滋滋地拿着批改完的作文本，连奔带跑到一僻静处，翻开，上面是密密麻麻的红色圈圈点点，有表扬有鼓励，直击我心。

其实，对于生活平淡无奇的山村女孩，有多少内容可以洋洋洒洒地每天写上数页，而且持之以恒三四年呢？全是因为沧海老师的鼓励。只要表现出稍稍一点文采，他便不吝用红笔画出波浪般的赞叹。

现在很少人能想象出30多年前厦门贫困农村的样子，很少人能想象得出有人会因为3元学费未及时交而被罚站、拍小学毕业照时居然赤着脚。而我就是这样过来的。父母养活孩子已很难，笔、簿当然得省之又省，用铅笔写，正反面写，然后擦掉重新写，每本簿子印着重重字迹是常态。沧海老师不允许我把作文擦掉，他给了我好几本作文本，让我轮流写。就这样，从小学五年级沧海老师第一次替代生病的师娘客串我的语文老师起，他就几乎每天免费帮我改作文，同时免费提供作文本。而我小学五年级的作文能在全学区作为范文印发，长大后能够以文为生，皆是老师所赐。实际上直至我读初三，他才成为我正式的语文老师。

初中三年，我的成绩在当地中学算是很不错的，父亲心满意足地计划让我读中专。事实也如父亲所愿，我以不错的分数考到省城就读了当时最热门的学校和专业。父亲大宴乡亲，因为我是村里第一个通过考试跃出农门的女娃。那天父亲喝高了，他絮絮叨叨地说："孩子，你的语文老师有天到咱家找我商量，劝我让你读高中，说是读高中可以有更好的发展，还说如果我负担不起，老师愿意负担你高中三年的学费。可是爸爸不想给别人增加负担，也不愿你一辈子欠别人人情，所以我没跟你商量就回掉了。孩子，你要记得感恩老师，更要自己努力！"

我感谢父亲给我一个没有人情负担的生活，我更感谢沧海老师的慷慨，因为彼时教师工资实际上低得很，沧海老师还有3个孩子要抚养，他不得不经常兼职做些电器组装或维修工作才能维持生活。

我毕业后，沧海老师仍然帮助我、鼓励我、激发我进行文学创作，而我总是碌碌无为，无暇他顾。

沧海老师，吾之恩师，吾之贵人，吾之明灯，一直引领我直面生活，不断前行。

2016年10月12日刊于《厦门日报》城市副刊

阿 莲

每天上下班都会碰到她——阿莲。

每当我早上急匆匆地一手提垃圾袋一手拎着包冲出楼梯时，阿莲的店已开张。

阿莲，是个年龄超40岁的外地女人，化着精致的妆，在一个由储藏室改成的逼仄小店门口坐着，卖着她的鱼丸、肉丸和蒜头。她冲如一阵风经过的我微笑着。

下午回家，阿莲仍坐在那儿，生意似乎冷清，圆圆的蒜头仍摆在那儿，唯有轻快的音乐，吸引了人的耳朵，也温暖了黄昏。阿莲正与隔壁店的小孩玩，拖着长鼻涕的小女孩，在阿莲的假装追逐下，真心地笑着。阿莲微笑着，面对所有经意、不经意路过她的人。

那天，加班回家已太晚，多数商铺已关门，想起冰箱空空，我第一次走向阿莲的店。"来一斤鱼丸。"

阿莲正整理东西，抬头看到我，说："你老公刚刚买了一斤回家。"

我老公，他不是说今晚加班不回家吃饭吗？

我打了电话，老公说，是的，刚买了一斤，正煮着呢。

过后，我多留意了阿莲。

阿莲很爱干净，也很勤快，小店拾掇得很清爽。特别是很爱孩子，一条小街上的孩子，都跟她混得很熟，连还被人抱在手上的，看到阿莲，也会冲她张开手，咧开嘴，要抱抱。每每这时，阿莲总笑成一朵花，精致的妆容后露出细细的皱纹。

从没看过阿莲的孩子，她的生意极淡，因为卖的都是些大路货。

但阿莲每天都化着精致的妆,放着轻快的音乐,微笑着,面对所有经意、不经意路过她的人。

2014年1月19日刊于《厦门晚报》

卖菜的"百合花"

有雨的周末早上,趿着鞋踏上潮湿的买菜之路。

对于渴望睡眠的人来说,周末是最好的补眠时间,可是职责在身,只好勉强自己。

一路上摩肩接踵的都是白发老者,他们拖着沉沉的小车,欣喜地把车填满。中年如我,只是敷衍地到肉摊添置了一点东西。

然后来到了菜摊。许是惰性使然,我习惯性地朝拐角的菜摊走去。这个菜摊其实也没什么奇特之处,一地五颜六色的蔬菜:红的西红柿、白的萝卜、绿的芹菜。

唯一不同的是摊主,一见面,就好像我是她几年不见的姐妹,热情地打招呼:"今天这么早!也不多睡一会儿?"我没回答,浅浅一笑。对于日常穿得一板一眼、全副武装才出门的人来说,穿着家居服蓬头垢脸总是有点让人难为情。但是摊主全然不在意,继续指着一堆菜,说:"今天来点什么?茭白,西蓝花,红萝卜,生菜。"看来她对我的爱好了如指掌,我习惯性地点头、微笑,正待说今天不要茭白,要来点荷兰豆。话还没出口,只见摊主已麻利地向着她的"王国"里各抓一点、称好,行云流水般地递给我。"都按3人最小份,总共28元。"

对于有点选择困难的我,这倒是省了我不少事,可看她那么急速地递给自己一堆菜,快速得急不可待似的,忽然隐隐有些不舒服,总觉得一不小心被人家强迫了似的。于是粗着嗓子问:"可以微信吗?""可以。"立刻一张二维码递到我面前。同时递过来的还有两根葱和蒜苗,它们都正青春、收拾得俏丽迷人。一起送过来的还有一副露出八颗牙的微笑,把那黑黑的皮肤衬托得更明显。"下次再来呀,小心脚下有水。"我只好微笑着连连点头致意。

　　点开微信,付款,宛然发现这个黑黑的不起眼的瘦小女人竟然有一个那么美丽的名字"百合花"。原来,这个在菜市场讨生活的人,内心里一直想象自己是一朵高洁的百合花。

　　记得偶尔周末,生意好得不得了时,她那帅气的老公会来帮忙,偶尔还能看到她那如白杨般的儿子。她的生意总是特别好。好像整个菜摊一直都是她在说,在快快地装菜、收钱,黑黑的脸上一直露出白白的牙,仿佛脸上开了一朵花。

　　我终于想明白她的生意为什么出奇地好,也许所有的人都是奔着那个心里有花、脸上有笑的人去的。

2018年6月13日刊于《厦门日报》城市副刊

舅舅刘工

那日收到表弟微信"刘工心跳停止,很平静地走了"时,心仿佛瞬间被一把大锤狠狠地砸中了。

刘工,名荣辉,是我的大舅。他的妻子、儿女、朋友都喊他"刘工"。或许,是因为这记载着一个理工男最开心的高光时刻吧。

小时候,远方的大舅是我的骄傲。那时的我生活在闭塞的小山村,周边都是日出而作日落而息的邻居,有一个大学毕业在远方大城市工作的亲戚,是非常值得炫耀的事,同时也让我朦朦胧胧地觉得自己也可以像大舅一样,凭着努力读书,走出去看世界。那时的大舅,就像远方的启明星。

上了初中后,我第一次见到了舅舅,那时的他非常年轻、高大、儒雅,穿着整洁的衣裳,是我见过的除了老师外穿得最干净体面的人。长大后成为像舅舅一样有皮鞋穿的人,是我初中时的梦想。那时的舅舅,是一个我可以学习的榜样。

后来,我到岛内找工作,人生地不熟,暂时挤住在好朋友任职的白兰饭店宿舍,在其父亲牵线搭桥下进了一家内联企业。那时舅舅也刚从湖北回到厦门,四口人挤在七市一个狭窄的一居室里。但我很喜欢去找舅舅。爬上黑暗而陡峭的楼梯,还没喘过气来,就看到舅舅站在楼梯口,笑吟吟的,一股温暖立即漫溢开来。我常和舅舅谈谈工作上的烦恼,舅舅总耐心地听我说完,然后,屡屡用自己的经历开导我,教我向上、嘱我用功。那时的舅舅,是我的人生导师。

结婚了,有了孩子。请了保姆阿姨帮忙,偶尔会有些疙疙瘩瘩,新手妈妈总是很焦虑。好在，舅舅和舅妈总像"救火队"似的及时出现，帮着解决了很多实际问题。等到儿子上了幼儿园，家里没再请阿姨，偶尔儿子没人带时，总很习惯地把儿子往舅舅家放。那时的舅舅，是我的一个安全屋。

舅舅70岁时，才退休回家帮带孙女。以前穿着笔挺、神气活现的刘工，穿上家居衣，突然就显老了。就像站队站很久了的士兵，突然松了劲儿，失去了挺拔的身姿。但是每次见面，舅舅仍是一脸笑容。那时的舅舅，是一个慈祥的老人。

舅舅一直很温和，他爱妻子、爱儿女、爱弟妹、爱朋友。他一直很努力，读的是985工程中南大学（中南矿冶），当过武钢矿山的车间主任，从容地面对人生两次跨城市的大迁徙、两次跨行业的再就业。

送舅舅走的那天，走出润泽园，枝头绽放着或鹅黄或碧绿的新芽，地上铺着厚厚的落叶。我知道，舅舅虽然叶落归根，但他曾拥有过一个爱过、被爱过、努力过、成功过的岁月，应该无憾。

发布于公众号"厦门叶玉环　与你温暖同行"

一诺便是永远

一个承诺需要多少年来兑现？对于刘清影来说，一诺就是永远。她已践诺32年，未来仍将继续。

那天，我踏入刘清影那间仅9平方米的办公室。相较于她服务的数十万平方米的物业，这儿简直是旮旯地儿，却被她打理得整洁有序，粉嫩的蝴蝶兰盛开着，茶香、笑容和软语温暖了一屋。

1990年，33岁的刘清影到黄仲咸香港公司工作，协助落实公益慈善事业，这一干就是32年。一路上，耳濡目染，刘清影深为黄仲咸公而忘私、舍己为人的精神所感动。2008年，黄仲咸先生驾鹤西去，刘清影作为黄仲咸教育基金会理事长助理兼副秘书长，她义无反顾、无怨无悔地成为黄仲咸精神的传承人和慈善故事的续写者。

刘清影说，黄仲咸老先生虽身拥巨款，但一直过着贫民生活，不坐头等舱，不穿名牌衣服，甚至不用空调，只想把每分钱用在刀刃上，用于扶助贫困学子。我一定要把老先生的嘱托执行到位。虽然现在基金会有20亿元资产，但我绝不能浪费一分一厘。为此，在面积达4.5万平方米的黄仲咸教育基金会自有物业厦门必利达大厦中，刘清影只选择了9平方米的地方来办公。刘清影说，如果客人多，可到大会议室，能节省的就不浪费。

为践行慈善理念，把黄仲咸教育基金会的每一分钱用在需要的地方，实地走访必不可少。这些年，刘清影舟车劳顿，时常到农村实地走访贫困学子、弱势家庭。她说："老先生无私奉献了爱心，我一定要努力让这份爱心落在实处……"

我和刘清影见面时，她刚从永泰奔波回来，看到65岁的她拎着扶贫物资艰难地跋涉在乡间的照片,那弯腰的样子,真令人心酸;看到她蹲下身子,与自闭症孩子交流,那亲切耐心的样子,又着实令人感动。

一方面,她一点一滴地落实黄仲咸先生的嘱托,用好每一分钱;另一方面,她大张旗鼓地宣传黄仲咸先生的情怀和大爱……刘清影兢兢业业、张弛有度。那个叮嘱她、给她任务的老人已于14年前逝世,可刘清影觉得黄仲咸仍时时在身旁,每年除夕,她都会在必利达大厦值班……老先生曾说:"个人拥有财富再多,也不一定有意义,能够为国家、民族多做实事,才是人生价值的真正体现!"这句话被写下来装裱好,安置在必利达大厦一楼大厅最显眼处。

守诺可以多少年?刘清影告诉我们,许下一诺,便是永远。

2022年3月24日刊于《厦门日报》城市副刊

有些遗憾无可弥补

谷雨无雨，但我却泪雨滂沱。

2020年4月19日，听到文友黄国清告知的黄秋苇老师仙逝的消息，我的泪水就一直止不住。

从3月3日住院手术起的一个多月，我大部分时间都在床上度过，微信朋友圈几乎没看，仿佛与世隔绝。

4月18日，当身体逐渐好转的我看到小记者版面编辑不是熟悉的黄秋苇而是陌生的名字时，心里有了一点疑虑，本想打个电话问一下黄老师是不是光荣退休了，"毕业了"，"可以开心地畅游山水了"，却想到自己身体虚弱、讲话气喘，怕让黄老师担心。

没想到，隔天听到的却是这样不幸的消息，它像一剂催泪弹，止不住的泪水不由自主地爬出眼眶，奔向脖颈……

我知道，如果此时黄老师在场，他可能会微微一笑，告诉我："生死有命，不要太悲伤……"也许，他还会说："不好意思，让大家挂心了……"

他一向如此，考虑别人的感受，担忧别人的悲喜，却忘了还要照顾自己的本心。

认识黄秋苇老师，是在1994年。工作两年后的我，厌倦了工厂千篇一律的生活，那种循环反复的生活令我窒息。当我看到《厦门晚报》的"女儿经""家春秋""不夜城"等版面，一种倾诉的欲望令我提笔就写，写完就寄，令人高兴的是很快就收到了回信，信里有鼓励、有期许，激发了我的创作热情。记得有一阵高峰期，一个星期我见报了6篇文章。记得那时有好几个很有激情的年轻作者，鲁明星、柯月霞、邹家梅、沈月燕……我很开心自己的文章也能频频见报。当然，我知道，这一切其实都离不开黄秋苇老师的修改和斧正。他就像一个细心的园丁，一点一点地在无数沙砾中发现珍珠，然后擦亮它、突出它、展示它，使它得以跟读者见面。我每次对照刊出的文章，都有一种醍醐灌顶的感觉。

我平时写的大多是散文，所谓"言为心声"，黄秋苇老师修改刊发我文章时，发现了我的一些苦恼，便经常写信引导我，印象最深的一句是"世事洞明皆学问，人情练达即文章"。而我彼时正为复杂的人事所烦恼，看完信后总觉有一股清风拂过。

不论是有阵子膨胀得想辞职以文为生，还是有阵子沮丧得想彻底弃文，无论是我在哪个单位就职，黄秋苇老师一直如一团火苗，不远不近地温暖着我。他介绍我到其他报纸刊物投稿，介绍我认识厦门的文友老师，他发各类约稿通告给我（不仅仅是他所供职的《厦门晚报》），然后用很坚定的语言肯定我："你可以的，好好写。"就如不久前的老电影征文，黄老师屡屡发信息催我，怕我偷懒懈怠。等到最后我终于站上领奖台时，却发现幕后英雄黄老师根本没来会场，那些光鲜的日子他总仿佛隐身似的。

经过十几年的煎熬和摸爬滚打，等到后来，我自己有幸成为编辑后，我才知道，要像黄老师这样给作者写信、关注作者动态、提供作者信息，是多么伤神费脑的一件事呀！这种蜡烛式的燃烧，需要的是一种无私的奉献精神，持之以恒的自律，是心底对每个撰文者深深的爱惜。

特别是，黄老师还爱屋及乌地关注作者孩子的文章，记得颜非孩子的文章、我儿子的文章都得到了他的指导和肯定。

与黄老师的接触，更多的是信件、邮件、微信往来，线下见面极少。记得2019年春节，很偶然地约了碧水、月霞和黄秋苇老师同游了仙岳山，感觉他非常珍惜一起喝茶聊天的机会，非常真诚地对待每个跟他有约的人。因为，他觉得这是他今生自选的亲人。

而令我最遗憾的是，有一次黄秋苇老师得知我婆家离铜钵岩很近，便提出让我回婆家时捎上他。可惜那段时间我单位每周末都疯狂加班不准请假。等到不加班时邀黄秋苇老师，却屡屡不巧，他要么是有小记者活动、要么是有约了，三番五次后，就不了了之了。

　　那时想着来日方长，也不以为意。现在想想，遗憾满满却再也无法弥补了。

　　同时，我突然想起近一年来看到的他的微信朋友圈，总有一股悲凉之意。也许，黄老师早早地在提示我们，而我们却一直沉浸在他的关怀中，总觉得这个温暖的师长，会永远在、不离开。未能给予回馈温暖一二，真是遗憾哪！

　　黄老师，江湖路远，繁星满天。有梦的天空就会有云彩，有情的人就会有伴。愿你觅得静雅之地，可以继续与知己品茗话仙。愿你在天堂，仍可与洪老继续研究厦门史，保护正在逐渐消失的地方文化。

　　黄老师，万物总会老去，肉身总会腐坏。唯思念如长江之水，无声奔涌；唯爱如鹭江潮水，延绵不绝。在你爱过的厦门，在你踏过的山水里，我们会继续爱厦门、爱山水、爱真性情，用爱把儿女举过肩头，用爱选择朋友，用爱给周边人温暖。

　　黄老师，遇见你，是我的幸运！

2020年汇编于《向天举哀　永失我爱》纪念合集

让子女永远感恩的母亲

脸上是流淌着的鼻血和被荆棘划出的血痕，脖子上满是汗，肩上是百来斤的柴草，腹中是已八九个月的身孕，脚踝是浮肿的，穿草鞋的脚上划痕斑斑……二三十里的负重行走对于34岁的叶琴吓来说，只不过是某一天清晨的一段普通旅途。在她独自一人支撑家的数十年里，几千个二三十里都走了过来，从34岁守寡到92岁，她走过的每一步都让邻里夸口相赞，她流下的每一滴汗水都让子女永远流泪感恩。

感动众人

58岁的黄宗洪，这个参军20年、曾经历枪林弹雨的昔日团政委谈起母亲叶琴吓时，声音都哽咽了，眼圈也在瞬间就红了。

这是一个怎样的母亲，能让已年过70岁的女儿，随着丈夫天南海北、见过人世各种沧桑的黄宗兰也含着泪说"母亲，真是太不容易了"！

92岁的叶琴吓弓着背，坐在床上，手脚藏在被窝里。满脸的皱纹、瘦削的肩、漏风的牙，说起久远的回忆，她依然记忆犹新。

白天当男人　黑夜当女人

"我要走了，一个白天，一个黑夜，一天天熬下去，总会有出头的日子。"听着丈夫的叮嘱，扯着丈夫干枯的双手，34岁的叶琴吓肝肠寸断。1913年出生的叶琴吓出生于惠安一个穷苦的农村家庭，3岁失母，10岁丧父，寄养在伯母家。16岁找到了爱情，与同样清贫的丈夫撑起了一个家。婚后生育了两儿三女。但有3个小孩因家庭贫困，缺少营养而相继夭折。还没从早年丧子的悲痛中走出来，那年农历六月十五，相依为命的丈夫又撒手人寰……

"你还是改嫁吧，趁着还年轻，孩子送人了吧！"好心的邻居都边揩泪边劝她。这样的白天黑夜如何熬出头？一个妇道人家，拖着一个12岁的女儿，一个10岁的儿子，还有一个尚在腹中的生命，再加上因治病已穷得没几把米的家……但是叶琴吓却流着泪扛着扁担出了门。一担近200斤的柴火被这个脸脚都已浮肿的女人从三十几里外的山上拖回来时，邻居大娘大婶都流泪了。

最小的孩子黄宗洪出生了，劝说叶琴吓把孩子送人的更多了。好心人都说："你连地瓜渣都吃不上，拿什么养大孩子？"可怜的叶琴吓一个月子里连一颗大米都没有进过，而给儿子开荤的则是地瓜汤。

但是即使这样的苦日子也有人雪上加霜。丈夫去世不久，地里刚成熟的黄豆和地瓜连续两次被人洗劫一空。这可是一家人的口粮啊，叶琴吓和刚懂事的女儿抱头痛哭。但是叫天天不应、呼地地不灵，作为单丁家庭，叶琴吓无可奈何，只得抽空上山打柴换粮，维持一家人的生计。

白天，她忙着当男人，抢着干村里男人干的活儿，以争取得到最高的工分，整个人趴到海里搬海泥的男人活她都干；晚上，她当女人，洗衣服，打扫家里，煮猪食，时常忙到夜里十一二点，两三点钟又起床，先去砍一担柴火才去出工……

人穷志不穷

在"眼泪当饭吃"的日子里，叶琴吓也从不让自己人穷志短。在丈夫去世后的3年里，她还清了为给丈夫治病而欠下的13担稻谷的本息。当这些好心人接到稻谷时,都说:"你真不容易呀,我们都不敢去想这事了。"

债务还清后,叶琴吓最大的愿望就是子女能成才,报效国家。在母亲的感召下,子女们都没有辜负母亲的期望。女儿不满20岁就入了党,调到了县机关工作;大儿子曾是厦门大学抗癌研究中心副主任;小儿子参军,当了团长、政委,转业后在地方当上老干部局局长。

因为想让孩子更有出息,叶琴吓吃了比别人更多的苦。她经常从30里外的山上砍回柴火,再挑10里路到海边卖柴火。时常饿得肚子咕咕叫,但3分钱一碗的咸稀饭,她都舍不得买……

孩子继承了坚强和感恩

"过去已经过去了,天有补我。"说起黄连般苦的过去,想起凌晨一个人走到山里听到虎叫声,想到如果被虎吃了谁也不知道、只好又打道回府的酸楚时,叶琴吓的眼也红了。但她揩干眼泪说:"现在我很满意!"

从孤儿寡母一家四口到今天30口人的大家庭,叶琴吓一家蓬勃发展。孩子们说:"我们的坚强和知恩图报,来源于母亲。"小儿子黄宗洪到部队参加京原铁路修建时,第一天就扛了12小时的木头,肩膀都流血了,身体快支撑不了时,猛地想起母亲,想起身怀六甲仍肩挑重担,在崎岖的山路上坚持的母亲,就不再有任何抱怨的念头。在部队中,黄宗洪表现突出,不到一年就入了党。调到老干部局工作,他对待老干部像对待自己的父母,嘘寒问暖,每年捐款给老年基金会,还资助特困老阿婆。

叶琴吓非常重感情,凡是关心帮助过她和孩子的人,她都记在心里,并寻找各种机会感谢他们,用钱或礼物的方式。平时也非常关心邻里,乐于助人,在惠安前黄村深受邻里夸赞。她常以自己受难时的心情,设身处地为别人着想,尽力帮助别人。

在叶琴吓的言传身教下，一家子都饮水思源、相亲相爱、乐于助人。面对任何困难，家人都会用叶琴吓的事例鼓舞自己。"奶奶那么苦都过来了，我这点算什么？"孙辈们说。

声　音

黄宗洪：回忆过去，往事历历在目。是母亲的坚强和努力成就了我们的今天。苦难没有把母亲压倒，苦难也没让母亲叹息。吃苦耐劳、迎难而上、知足感恩、乐于助人，母亲给予我们的实在太多。每当遇到困难，我总想起母亲，这时总会有一种力量支撑着我，让我笑迎万千困难。感谢母亲！

2005年2月22日刊于《海峡生活报》

她像一束温暖的光

又在"城市副刊"上看到老友纯的文章了,立马拍照,微信发给她。

几秒后,她回我,我们互相发个笑脸表情,继续各自忙活。

纯是我的老友,我们相处就像一滴水和一滴水的交往,自然,清澈,没有负担。

纯是个很真的人,她个子高,走路挺,头发一直有造型。她见人先微笑,一笑就露出整齐的牙。

她有一手好厨艺,最重要的是她人缘极好。丈夫、孩子、员工、朋友,都在她笑眯眯的眼神下融化。

多年前,纯带着一群朋友创立物业管理公司。如今的纯已60多岁了,仍当着这家物业管理公司的总经理,管着或大或小的楼宇、小区,操心着垃圾、电梯、绿化、停车等琐碎事项。

在忙得不可开交时,她依旧坚持自己下厨为年迈的母亲煮饭、为小辈"摆桌"……

纯很忙,她的朋友圈经常晒吃的,她对母亲有执着的关心,对小辈有执着的耐心。

而对于我,她就像长流水一般的朋友。

从认识到现在已近30年,她都不远不近地关心着我。我结婚、生娃、孩子上大学、买房、搬家等人生大事,她能帮忙的都主动来帮一把。

她从不以过来人的口吻自居,她应我之请,帮我找房子、陪我看房子,她请自己的博士儿子帮我儿子高考填志愿出谋划策。

她就像一束温暖的光，自然、通透，不强势，也不勉强自己和别人。

纯，是真的纯。她有一颗红心，尽己所能地帮助别人。她长年参加志愿服务活动，积极参加对口帮扶，捐款捐物，助老扶幼。

她是典型的厦门人，是鼓浪屿长大的孩子。

她有一双洞察人心的眼睛，很长情，不抱怨，不惧过往，不畏将来，乐活当下。

她开朗爱笑，已是奔七的人，却似乎天天可以过儿童节。

我很喜欢纯。因为，她是有一颗童心的人，很真很纯。

2021年11月24日刊于《厦门日报》城市副刊

无怨无悔"守林人"

绿水青山就是金山银山。

越来越多的人探秘莲花、寻访莲花、流连莲花。因为莲花实在美,美在自然天成、美在自由舒展:军营的屋、文山的瀑、太华岩的古刹、佛心寺的钟声、野山谷的水、金光湖的林海……

身处蓝天白云轻风中,简直妙不可言。而在被誉为"闽南西双版纳"的金光湖,有一个无怨无悔的守护者,他就是林海育。

20多年前的莲花还不像今日闻名遐迩,只是"厦门的西伯利亚",山里的孩子都想方设法地逃出深山。只有一个人,千辛万苦跳出了农门,却又果断地逆流而回。他,就是林海育。

很多人不知道,莲花镇以前又名莲花湖,以莲花山、大企山、大麦尖、凤冠山、大溪山等山脉围拥而成的平整而肥沃的小小平原上"大旱半忧小旱无忧",仿佛一片世外桃源,生息着数万名勤劳的莲花人。与山下的莲花湖一样,山上的金光湖并非湖,它是一片在阳光下闪耀着金光的林海。而这片林海的命名者,就是林海育。

以朝圣般的热情,坚持了20多年,不遗余力宣传金光湖的,只有林海育。在他的努力和推动下,在市、区各级领导的支持下,金光湖景区建有林海观奇、清溪觅趣、飞瀑流韵、乡野情趣4个景区,里面有恐龙化石桫椤、千年古树、太师椅、八仙过海、仙人棋盘、九天飞瀑、鹰嘴岩等众多珍稀小景。能如数家珍地说出金光湖的美,除了专职导游,只有一直用脚丈量林海的林海育。

处处是景的莲花镇,有数不尽的人间珍奇。它有风景旖旎、奇石处处、人文俱佳的莲花山;有佛、有寺、有香火、有传说的铜钵岩；飞瀑处处、水多石奇的文山；古木重重的小坪森林公园；水流潺潺、田舍俨然的美丽田园；集摩崖石刻、书画一体的罗汉山；还有乡村剧变示范村、中国最美乡村军营村；另外还有清幽雅静、风光宜人、视野开阔，获赵朴初题词、南怀瑾写匾的佛心寺，建有集禅修、弘法、义诊、施药为一体的山水园林式药师佛道场……即使是西坑、雄狮瀑布、野山谷、太华岩，都有不少拥趸者。

相形之下，金光湖似乎特色还不够彰显，除了那千年活化石桫椤、百年重阳古木外，除了李光地宰相的护林令，除了山峻谷奇、峡幽竹秀外，主要是还有一个爱乡护林、四处奔走宣传的林海育。

从内田村出发，林海育进大学汲取了营养，在城市历经了磨炼，又在众人不解的眼光中重返内田，回到原点。从1999年10月任金光湖森林公园扶贫开发项目总负责人，他抱着"每个人都很平凡，却会因梦想与众不同"这句名言，以一颗赤子之心，希望生养他的这片土地不再"养在深闺人未识"，希望与别人分享家乡的美好，特别是林海的珍奇。没有路，没有资金，没有资源……困难重重。

但他骨子里有不放弃的劲儿，咬定青山不放松。他自己出资印制宣传材料，边打工边找资源，不惧冷眼、白眼，积极向市民、向各级领导推介金光湖，积极推动通往金光湖景区的道路建设。2003年，莲花国家森林公园获批；2009年6月28日，金光湖景区正式对外营业。

道路通了，人来了，林海育又使出浑身气力，身兼数职，当起导游员、护林员、宣传员、餐馆老板、服务生……乡亲的土鸡、土鸭、鸡蛋、地瓜都有了好销路、卖上了好价钱。而城里人看到了被保护得极好的原始森林，买到了最生态的"土货"，带着满满的神清气爽回城继续奋斗，获得双赢。此时喜滋滋的不仅有拿到钱的乡亲、既饱口福又饱眼福的游客，更有喜上眉梢的林海育。

被誉为"莲花森林公园的形象代言人"，林海育非常开心。本可以凭一手好字吃饭的他，却偏偏选了个风吹日晒的活儿。个子不高、身子瘦弱的他意志坚定、眼里有光。他说，莲花3824公顷的南亚热带雨林，保存着完好的森林瑰宝，由"莲花山、金光湖、小坪、野山谷、文山、铜钵岩"组成的景区奇石千姿百态，林海绚丽多彩，峭壁巍巍壮观，这是理学家朱熹赞许过的地方、是宰相李光地要求守护的地方，若大家有机会来走走、来看看，一定不虚此行。

金光湖，这片在阳光照射下金光闪闪的"森林湖海"，是林海育花了22年宣传、守护的地方。

在这片占地4000多亩的神奇林海中，不仅有林海育的美好童年，更有林海育的初心和梦想——那就是护住这绿水青山，造出一座可持续的金山银山。

刊于《厦门工人》2022年第一期

有友如芳是福气

福是什么？福是圆满，是幸运，是比翼双飞，是心想事成，是惺惺相惜，是父慈子孝，是手足情深。对于我，福更是有友如芳，一路相依相伴30多载。

搬了好几次家，也十分认同"断舍离"，但有一张照片却一直紧紧跟随我，被我视若珍宝，一藏30年。

这张照片拍于1992年的春节，左边的是我，右边的是我的好朋友芳。那时我们正青春，作为文学青年的我有几分忧郁气质，而芳则有一脸明亮的笑容。

从1987年成为同桌后，我和芳的友谊就没断过，从青丝到白发，历久弥坚。1988年，我考到福州，而芳考到泉州，我们经常互相写信，开对方的玩笑。我自封为"情报局局长"，而芳则是"保密局局长"。其实所谓的"情报"都是同学间的芝麻事，因为我原是副班长，同学间的联络多些。而芳是最好的倾诉对象，因为她守口如瓶。

毕业后我们偶尔见面时，多是我滔滔不绝、天花乱坠地说话，芳则静静地听我说完，三言两语地表达一下观点。过后我发现，芳的观点总是非常精辟，冷静而理性，很有操作性，令我很是佩服。常常四两拨千斤，帮我拨开心中迷雾。

我们的友谊就像暖瓶，外冷内热。我们保持着电话联系，经常却不缠人；保持着关注，必要却不密集。偶尔见面聊，经常是我倒豆子似的把压在心中的烦闷之气吐个精光，而芳总能适时地给我建议。大我1岁的芳很能干，她身段柔软且很有同理心、不纠结，总能把自己的工作、生活料理得井井有条。

那天周末心血来潮,大中午1点多打电话给芳:"来吧,陪我去千日红看三角梅吧。"二话不说,芳立马从海沧出发,一小时后出现在汀溪。也没问那里的景美吗,值得吗,天气会不会太热,要不要改时间,要不要约上其他什么人。

我们在三角梅基地拼命拍照片,摆各种姿势,看到小河流,就想踩着溪水的节奏,唱那首好听的歌:"小河流,听我唱……"看着一对黄牛母子,就想起:"走在乡间的小路上,暮归的老牛……"我们放着音乐,一起走步,想拍个视频发个朋友圈,结果因为笑场一次次地重新拍,可芳仍笑靥如花,一遍遍地陪我,陪我疯、陪我玩……

就像那天,我刚把"落羽杉红了,秋意浓了,东山水库约起不?"发给她,她立刻回"马上约起",简单干脆。

我知道,如果我是热烈的火苗,芳一定是清冽的泉,环绕着我,既看着我发光,又防止我灼伤;如果我是狂乱的风,芳一定是那静静的篱笆,给我时间冷静,帮我引导出口。

温柔的芳,是我能想象出来的朋友最美好的样子,听我抱怨,陪我直面生活的高光和低谷,三十年如一日,不远不近。

有友如芳,是我的幸运,是我的福气,也是我必须珍惜的缘分。

2023年1月22日刊于《厦门日报》城市副刊

一路生花
YI LU SHENG HUA

阿 婆

"吃了没?""要去上班吧?""你的孩子真水(漂亮)哦。""弟弟真乖。"

每天早上都会遇见邻居阿婆,阿婆80多岁了,白发苍苍,脸上总是笑得像朵菊花。她每天对我说的几乎都是同样的话,她还会用她满是皱纹的手摸摸孩子的头。

阿婆是我在厦门遇到的最普通的人,她有1000多元的退休金,每天早早地去买菜,有时,为了买新鲜的海鲜,她还特地跑到八市。阿婆住在一个旧房子里,却很少抱怨,她最多是在我与她老公打招呼时,带着抱歉说:"老头子耳朵有点不好用了,讲话要大声点才听得到。"阿婆几乎穿着相似的衣服,每天总记着要跟我们打招呼,警惕地帮我们看着门户,听到钥匙开门声,她会打开虚掩的门,看到是我们才笑笑地关门。之前没有楼道灯时,她总是在听到我儿子说话声时,就立即打开家门口的灯。那是要用她家的电的,而我知道,阿婆家没有装空调。每当这时,我的心里总是热乎乎的。

我刚到厦门时,宿舍管理员也是一位阿婆,她总是苦口婆心地告诉我们:"太晚就不要出去了呀。"姑娘们总是不当回事,只有我知道,她是用跟女儿说话的口气在说的。住在虎园路时,邻居阿婆每天早上定时大声说:"该起床了!"其实我们都知道,她的女儿因为在集美上班,早就出门了,她叫的是贪睡的我们。住在和通里时,一位阿婆千叮咛万嘱咐地告诉我,给孩子喂奶时大人一定不要吃虾,那可毒着呢。另一个阿婆则不辞辛苦地跑到大同路为我买一盒"粗粉"给孩子用。我搬到禾祥西时,遇到两个阿婆,她们像欢迎贵客一样把我迎到六楼，帮着提这提那，弄得我莫名其妙，后来才发现，她们都是小区里的热心人。小区的保洁员生病，她们张罗着帮助捐款，谁家遇到了困难，她们都会去帮忙。后来，我搬到了另一个楼道，就遇到了这个满脸微笑的阿婆。

儿子走在小区中，经常会遇到阿婆，不是胖阿婆就是瘦阿婆，他总很有礼貌地大声说："婆婆好！"遇到阿婆是儿子去小区散步时最开心的事之一。因为，那些阿婆身上，有着与他奶奶、外婆身上一模一样的慈爱味道。我想，这就是温馨、温情、温婉、温和的爱的味道。

2010年8月26日刊于《厦门日报》城市副刊

林子大了

　　林子曾经是我们一群人中的中坚力量，我们原来的单位是一个资历很老的单位，里面有资历很老的同事，有一个名气非常大，大到我们几位后来者第一次见到她时都不由自主地双脚并拢、弓着腰，毕恭毕敬地喊"老师好"，而她大多是从鼻腔里哼一声作为回应。

　　林子比我们这一批人大一点，也早几年到单位。相比另几位总是正襟危坐的老同事，他显然有趣得多。他会帮我们与相关部门对接，让我们早早熟悉工作环境。当然，他也会帮助老同事顶顶班，毕竟"人老事多"。另外，他还会在工作之余陪领导下下棋。单位因了他，多了一团和气，大家有什么心里话，都愿意跟他说。

　　单位一位部门老领导退休了，一把手说，现在讲民主，就搞民主竞聘吧，谁的分高谁上。林子在单位，绝对不是业绩最突出的一位，突出的包括那位资深的名人，还有我们这群人中的几位佼佼者，大家一开始以为纯属竞技，不少人摩拳擦掌、跃跃欲试，后来领导说有50%群众分，不少人立马像被扎了针的气球，瘪了。

　　林子众望所归地成了部门领导，大家都真心地向他祝贺，包括那心高气傲的资深者。之前她老跟部门领导闹点小别扭，因为她的名气大过一把手，而原来的部门领导虽算是中层却是半路出家，自然很让她难以臣服。现在，好日子要来了，自己人当家作主。"终于熬到翻身作主了！只有专业人才能干专业事。"老同事喃喃说道，眼里泛着泪花。

　　但事情出乎意料。林子新官上任的第一把火烧向的却是那天最开心的老同事。那天，她的脸"唰"的变得惨白，因为林子抓着一份材料，在大庭广众之下，大声地指着里面的一个字让她解释。错误是明显的，但并非致命。只是平时珍爱自己名声高过珍爱自己生命的老同事从没接受过这种"礼遇"，以前的领导即使有什么事也只是请她到办公室密谈，临了她还老是大力甩门让我等知道她的火气。而大庭广众之下的颜面扫地让心气极高的她在小辈们惊讶的注目礼下，感觉自己像穿了皇帝的新衣一样。她很快递了辞职单，把门甩得山响，离开。

　　第二把火烧向的是刚刚休完产假的阿丁。她原本也是才女，可是休完产假，有点迟钝。于是有段时间，整个办公室，经常听到林子的训话声。阿丁也走了，她是带着绩效考评最后一名的痛走的，虽然几个月前她坐月子时还不是领导的林子才带着一批同事去祝贺她喜得贵子。阿丁走时，眼里泛着泪花。

　　办公室里的气氛变得很微妙，改革刀刀见血，一看就知道不是行家里手不可能如此到位。林子初任时还继续和大家公平制拼餐，饭桌上无父子，有胆大的同事话中有话地说："林子，你以前可不是这样的呀。"起初，林子总是红着脖子争道："那你教教我该怎么办！"后来，再说起，林子就淡淡地说："这是会议决定的。"会议是个很大的帽子，大家便也不再说话，默默地吃饭。

　　天下没有不散的筵席，热热闹闹、无所不谈的会餐制结束了，几乎所有的人都离开了那个单位，林子是仅存的硕果。后来偶尔老同事碰头，也会远远怀想那时的青葱岁月，觉得亲密无间、团结友爱的日子过得太快了，一下子就过完了。然后有个人突然冒出一句："林子大了……"后面的那句，谁也没想接。

　　林子成了已经走到对面而我们却只想装作打电话或佯看风景的人，因为，林子已经大了。

2014年3月30日刊于《厦门晚报》

金门阿不拉

"走喽，跟着阿不拉去看金门。"

当顶着一头花白却还有些许黄色挑染的头发，穿着一条蓝色运动装，指甲染着紫色指甲油的50多岁的老男人一路蹦蹦跳跳地出现在我眼前时，大家都吓了一跳。

习惯了俊美的导游小姐、导游先生，没料到会冒出这么一个年过半百的导游阿伯。这是踏入金门，给我的第一个迥然不同的印象。

全陪的导游看出大家的疑惑，热情地介绍说："这是全金门最著名的导游，阿不拉！"

"阿不拉呀，不是冬不拉？"全车的小朋友听到这怪异的名字，更笑成了一团。"真不拉吗？"

阿不拉依然笑眯眯地，身手敏捷地扛上一箱矿泉水，在有些颠簸的旅行车中，把水送到每位乘客手中。"先喝点水，润润喉。等下阿不拉讲笑话的时候才不会笑至口渴。"大家又笑倒了一片。

事实证明，阿不拉不愧是金牌导游。仅仅几分钟，他就把大家的目光、注意力都集中在他身上，即使那个戴着眼镜、一路上除了走路外就一直紧盯着手中平板的小女孩，也忍不住抿嘴笑了。

"你们知道金门为什么叫金门吗？"

"你知道金门风狮爷的不同样式吗？"

"大家好好猜猜，阿不拉有奖品。"

阿不拉从他身边那个百宝袋里，不时地掏出几样奖品，一下子降服了一团调皮的"小猴子"。他们像橡皮弹一样，紧紧地粘住了他。

"阿不拉，这里的坑道是怎么挖出来的，需要多少人？"
"阿不拉，这些大炮是什么时候造的，有什么威力？"
"阿不拉，这个望远镜真的可以看到厦门吗？"
"阿不拉，这个逃生口还可以通往哪里？"
"阿不拉，猪笼草会知道它捉到的是蚊子吗？"

那个如明星般的阿不拉，面对着叽叽喳喳的20多个小不点儿，永远是笑眯眯的样子。虽然他的导游词屡次被打断，可他还是很有耐心地一一解答，没有漏过哪个孩子的哪个小小的疑问。

终于，我们住进了34号民宿，一群一路聒噪的"小鸭子"呼啦一下全拥进去。阿不拉好像狠狠地松了一口气，他先狠狠地抽了一支烟，然后围着一株熟得压下枝条的龙眼树打转转。接着，他居然一跃而起，摘下几颗龙眼……然后，把籽儿吐出来放在手里，最后，高高跳起来，像个孩童似的，把小小的籽儿扔得又高又远……

望着我们惊诧的目光，阿不拉狡黠地笑了："你们不知道吧，这树是我邻居家的……"

夕阳的余晖把阿不拉矮小的身体拉得很长，他真像那七个小矮人中的一个，让人难忘。

刊于《旺报》

年过八旬的老舞星

这是1994年在京举行的全国中老年健身操比赛的一段录像：在迪斯科强劲的节奏中，群舞的女演员——一株株梅花悄然隐去，托起一棵不老松——白发苍苍却精神矍铄的吴忘怀老人。那遒劲大度的气派，那大幅度大动感的动作，俨然不是82岁的老翁，而是28岁的小伙子！

吴忘怀的精彩舞姿征服了评委和观众，他主演的厦门市老龄委文艺队的节目《众梅托松》获得了本次大赛的荷花奖（二等奖），同时他个人还荣获了寿星奖。

出生于1912年3月的吴忘怀，是个行医几十年的名医，"洗墨池的吴贻涂（吴忘怀小名）"曾是一块响亮的招牌。1979年，他以68岁高龄从同安区医院内科主任医师的岗位上退了下来，便积极投身于老年体育活动，先后担任区拳剑操委员会主任、区老体协副主席等职。

每天早晨5时整，吴忘怀便起身到区人民体育场或双溪公园去参加锻炼。跑步，做操，舞剑，打太极拳，是他的"四项全能"。这里的人们都对这位鹤发童颜、蓄着35厘米飘飘长须的耄耋老者印象殊深。由于持之以恒地健身，平时只吃粗茶淡饭的吴忘怀身体极棒，病厄难入其身。前些年，这位仙风道骨的老人，还客串过电视连续剧《剽悍家族》的武林高手角色呢！

他是一个心胸开阔、跟得上时代步伐的老人。虽然他这一生历尽坎坷，但他始终能以乐观的态度看问题，从不悲观怨世、万念俱灰。

对待家庭问题，吴忘怀也一直认为"施比受更有福""吞忍有福"。他与妻子张世英结婚58年来，相敬如宾，和和睦睦。吴忘怀家信佛教，而张世英家信基督教，婚后两家老人都住一起。因信教关系，饮食起居颇多不便，但吴忘怀总想方设法让整个大家庭开开心心。

正因为吴忘怀从不墨守成规、固执己见，也从不以长辈姿态教训人，一直能以年轻的心态观察新事物，所以，当迪斯科热遍神州大地，一些长辈看不惯红男绿女在舞厅里摇肩扭臀摆胯，嗤之以鼻，称之为"发神经"之际，吴忘怀却偏偏"老夫聊发少年狂"，加入了这项新型健身活动的行列。由于他身心俱健，参加这种"年轻人的专利"运动时，老骨头不仅没有被颠散了架，相反，在热烈奔放的舞曲中，他越活越年轻了。

最近，吴忘怀又"偷闲学少年"，组织了一个老年人"轻骑队"，经常与老同志们驾摩托车下乡兜风呢。

1998年5月5日刊于《厦门晚报》

丑角的快乐人生

如果你看过戏，你一定会对戏中的丑角有非常深的印象。当锣鼓声起，"咚咚锵……"那个穿得花枝招展的媒婆出场了，那个势利、巧舌如簧，却又有些可爱的媒婆，那个带来无数笑声的丑角，让人又恨又爱的丑角，是我看戏时的最爱。

现年65岁的林宝珠演的就是这样一个角色。说她是老人，那是对她年龄的一种记录。其实，她的心态非常年轻，进她家时她的笑声和她的谈吐，就让人感觉到她年轻的心态。

30岁时的林宝珠一开始演的是花旦，红得发紫，对剧团领导要她改演丑角非常想不通。因为丑角的妆化得太丑了，一个漂亮的当红女花旦，怎么能一下子变成又老又丑的丑角呢？剧团领导告诉她，丑角才是观众的最爱，而且丑角才最能体现演员的表演能力。热爱演戏的林宝珠这才愉快地接了这一任务，而这一转折却奠定了她成功的一大步，从此她的戏路更宽广了。她演的《陈三五娘》中的李姐获得了极大的好评。

1985年，她参加了福建省第16届戏剧会演，获得了优秀演员奖。林宝珠还代表闽南五虎班的金莲升剧团到中国香港、菲律宾等地演出，并获得了极大的好评。1992年已到退休年龄的林宝珠因剧团尚缺少担得起主梁的人直到1997年才退休。退休后的林宝珠退而不休，还参加了老年活动中心的曲艺队，继续演出。

林宝珠说丑角不好演，既要演得让人恨，又要让人爱，又要活泼，又要充分运用嘴形、眼色、手势及其他的身体语言将角色的狡猾及活泼的性格、善良的心都表现出来。

从14岁起就热爱演戏的林宝珠一生与戏结缘，戏一场不落地看了，还经常自己躲到房间去又比又唱，有次甚至煮饭时想起戏里的某个动作，而把饭煮焦了，挨了大人的骂。19岁的林宝珠参加了同安的高甲戏团，一进团便上台唱戏。

唱了几十年的戏，林宝珠从未感觉到老辈人说的"演戏头乞丐尾"（闽南俚语，指演戏的到后来演不动了比较惨）。现在她有退休金，生活愉快，而且她的身体比同龄人好很多，健谈开朗，还有一大帮唱戏的朋友，有她一生最爱的戏，有着幸福的人生。

2001年11月21日刊于《厦门晚报》

耄耋"球员"

每周二、四、六清晨7时45分左右，从虎园路往万石植物园的爬坡路上，细心的人们总会发现，一个满头银发、精神矍铄的老人，背着羽毛球拍，迈着稳健有力的步伐，向着老人活动中心走去。

他就是年届八旬的郭会舰。无论刮风下雨，他总雷打不动地准时到中心打羽毛球。

郭会舰一生与体育结缘。17岁时便开始打篮球，参加同文中学校篮球队，而后又坚持了整整8年的长跑。但是令老人情有独钟的是打羽毛球，自1952年开始迷上这项运动以来，那长了翅膀的洁白的小球，就陪伴着他渡过46年的酸甜苦辣。老人有8个儿女，孩子小时，家庭负担重，但无论在双一中学当教员或是自己出来开小店，郭会舰从未放弃过"羽毛球之恋"。以前条件差，没有场地，他就自己带条绳子，找块平地，将绳子往两棵树上一系，便和老哥儿们乐呵呵地操练起来。现在好了，有了老人活动中心这一专为老人开辟的园地，羽毛球场宽敞明亮，无风雨干扰之忧，老人怎不更感念社会，倍加珍惜？

1977年12月，从电子仪器厂退休的郭会舰，戒掉了很大的烟瘾，更痛快地过上了"羽毛球瘾"。他坚持天天凌晨5时30分起床，握拍上阵，长球、短球、轻挑、狠扣，练得了一身精湛的技艺。

1987年，他以69岁高龄夺得省首届男子羽毛球赛甲组第一名，1988年获得第二届"白云杯"羽毛球元老邀请赛第一名、第一届"鹭岛杯"老龄羽毛球邀请赛第一名。1997年7月，在举国上下欢庆香港回归之际，郭会舰更以全赛组最高龄（79岁）参加全国羽毛球赛老年甲组比赛，且获得第六名的好成绩。在坚持不懈的努力下，老人像一棵迟开花的老树，越来越多的荣誉挂满了树冠。

　　郭会舰说，运动使他每日精力充沛。他现在每天胃口很好，饭量大，早上要吃一碗豆奶、一碗牛奶、一碗稀饭，中午可吃3碗干饭，平时还玩桥牌。老人反应快，视力听力极好。

　　生命在于运动，郭会舰老人以四十六年如一日的身体力行为我们验证了这一朴素的真理！

1998年3月3日刊于《厦门晚报》

第十辑

城市巨变：我很庆幸生活在这个时代，见证它的快速成长

从赤脚仙到飞机客

"阿婆,我是在做市场调查的,你从哪里来?"2008年正月初一,香港迪士尼乐园,一位系着领带的年轻人,低声询问正在准备看街头大会演的妈妈。

"我来自厦门同安莲花。"62岁的母亲声音响亮地说。

"那你的学历?"

"小学一年级。"

"你在家做什么?"

"务农。"

"哦……"

年轻人很有些惊讶地合上调查本,说:"祝你们在香港玩得愉快。"

当然,在香港我们玩得很愉快,海洋公园的海狮、海豚那精彩绝伦的演出,迪士尼里小熊维尼那令人眼花缭乱的家、狮子王那摄人心魄的表演、街头那五彩斑斓的狂欢,还有谢瑞麟里那琳琅满目的珠宝首饰,维多利亚港湾上那绚丽如梦的烟火……一切都那样赏心悦目,一切都充满着动感之都的魅惑。母亲和我那5岁的儿子看得眼都花了。

躺在王子酒店那柔软的席梦思上,母亲突发奇想,逐一挂电话给自己的三亲六故。"妈妈,这可是国际长途哇!"我故意打趣道。母亲却忽然变得很豪爽:"这张不就70元港币吗?打完就不打了。"

回到那曾经被称为"厦门西伯利亚"的贫困的莲花镇老家时,母亲眉飞色舞地说起此次香港见闻:"呀,坐飞机真的很快,人就像鸟一下子就飞了好几百里；呀，那飞机上的女孩可是太水了呀；对了，香港的富人真多哇……"村中老姐妹们边听着见闻，边啧啧地赞道："真想不到呀，我们这些被称为'赤脚大仙'的农民还能坐上飞机，还可以到香港这个国际之都去好好看一看。"

是啊，这些事放在30年前，母亲这一辈人是做梦也不敢想的。母亲说，倒退30年，那时候，孩子小人口多，家家户户只能赚工分，一个强劳力忙活一天也没能赚几分钱。稀饭是稀得可以照出人影来，肉是一年难得买一回，衣服是补丁叠补丁，不敢到亲戚家走动，即使近在咫尺，因为每回客人来了都是考验"巧媳妇功夫"，也是令当家人尴尬的时候。

母亲说的艰难生活我也体会颇深。1980年，改革开放初期，家里还是很穷，我因为又哭又闹才终于能背上那个用小布头缝成的小书包去上学，因为3元的学费未及时交，还被罚站了好几回。后来，爱才的庄老师把自己的薪水拿出来，替我交了钱。那时，每年2角的压岁钱，是我们一年到头的盼望。因为在平时，那是一分钱零花钱也不用想的，我们最大的玩具就是用布头包的沙袋，或是画在地上的四方格，再者就是那些肆意生长的小花小草。而印象最深刻的是，为了节省，每天我都和母亲一样，赤着脚去上学，直到拍小学毕业照时，我们坐前排的女同学仍然一溜都光着脚。而我直到初中时，才穿上了姐姐的拖鞋，因为太大，老是发出奇怪的声响。

而母亲，更是舍不得穿鞋子，无论是上山砍柴还是下河摸鱼都光着脚。有一次，她的脚被玻璃碎片扎破流了好多血，却没有改变她那"赤脚大仙"的美名。其他邻居的情况，也大抵如此。一年勒紧裤腰袋，养了一头猪，卖了些钱，要交学费，要买肥料，要应付人情世事，那时家家户户都恨不得一分钱掰作两份用。而我直到15岁上省城读书，才有了真正属于自己的第一双皮鞋。

30年，沧海桑田，改革开放的春风拂绿了神州大地，也吹暖了农民的心，农民的收入方式日益多元化了。村里不少人建起了新房，电话、摩托车几乎家家必备，冰箱、空调、计算机、热水器、电磁炉也屡见不鲜，投资办厂、购置小汽车也不再是什么稀罕事。许多当年天天赤脚在田埂上奔走讨生活的农民，在闲暇时也洗脚上岸，有的甚至飞越太平洋，到异国他乡去寻亲访友、求学定居。世界在他们眼里变小了，以前不敢想象的东西现在变得触手可及。母亲，这被称为"赤脚大仙"的地地道道的农村大婶花数千元自费到香港开开眼界、过过眼瘾，只是其中一朵小小的浪花罢了。

但愿这种美好的"传奇"生活天天在美丽鹭岛、在神州大地上演。

2008年获厦门市"文明办网　文明上网"网络征文三等奖

电话里的家

轻轻拨通"7052……"心总是变得像棉花一样柔软、像蜜一样甜美。无论刚才有怎样烦闷的事,脸上的肌肉都开始软化,笑容也慢慢地像水纹一样涟涟漫开。

因为我知道,随着"嘟嘟"两声,像快乐的小兔一样蹦蹦跳跳跑来接电话的小侄女就会装得很老成的样子,拉开腔:"喂……"很快,她就被自己的装模作样笑坏了,只顾握着话筒,呵呵地笑个不停。然后就很"大姐"地发号施令:"阳阳,你妈妈的电话,快来!"我那小尾巴似的儿子赶紧乐颠颠地跑来,然后对着电话呼哧呼哧地直喘气。

工作太忙,儿子一直放在同安老家,于是打电话回家成为我每天的必修课。母亲每次接到电话,总是先问"吃了没";听到我说还没吃就说:"那你嘴巴张开,我倒一些到电话机里去。"那语气让人忍俊不禁。偶尔她还会说:"我们今天煮好料呢,同安封肉,你闻闻,香不香?"

白色的电话机里,那一刻仿佛也沾染了香气,每次我总是陶醉似的吸吸鼻子,说:"好香啊!我妈妈手艺最棒啦,香气都从同安飘到厦门了!"

电话里,经常有妈妈的炒菜声、侄女的呼唤声、儿子的哭声,还有小鸭的嘎嘎声、猫咪的喵喵声……通过这些可爱的声音,我仿佛真切地看到了家中的情景:侄女与儿子趴在地上堆积木,猫咪慵懒地走过……

电话里的家,是温暖而香气四溢的家,是杂乱而生活味十足的家。儿子也知道白色的电话里有一个家,那里有妈妈,会用世界上最温柔的声音呼唤他的乳名,唱他熟悉的儿歌;有爸爸,会在电话里给他一个响亮的吻,让他摔倒了自己爬起来。

刊于《厦门日报》;获"听到家的感觉——厦门电信程控电话开通20年"征文优秀作品奖

岁月烟火

"叮叮叮——"晨起的闹钟响了。

月儿一骨碌翻身起床,睡眼惺忪地奔到厨房,第一个动作就是打开煤气总开关,打开灶台开关,"哔哔"的打火声后,一团火苗热烈地舔着灶底,坐一壶水,再煎个鸡蛋,有滋有味的生活就开始了。

每天,无论床有怎样的魔力,月儿总是坚持在早上按下那哔哔叫的开关,听着那小小的细细的声响,月儿仿佛觉得这是一天开始的开关,有了它、有了火、有了温度,那有声有色、有香有辣、有苦有甜的生活就开始了。

生活从点火开始。月儿记得,印象中,母亲也是一直这样开始她的晨。那时还年轻的母亲,经常是从点燃火柴那一瞬间开始她的一天,点火的那一瞬,经常照亮了火柴盒上的火花,也映出了母亲的喜悦。灶膛里燃起火后,借助火光,母亲就开始梳她乌黑乌黑的发。锅里的水或滋滋地叫或咕咕地唱着歌,火光中,生活立马活色生香起来。母亲熬制的粥,绵软香糯,温润着童年的胃。

长大成了人妻、人母,仿佛天性一样,母亲清晨的样子就在月儿身上复苏过来。无论多晚睡,月儿一定要早起,给爱的人准备一份早餐。虽然,可能只是一份煮麦片加鸡蛋,或是一份稀饭配煎蛋,抑或是一份面线糊……但是那份热乎乎的劲儿一定要有,那份一家人围坐在餐桌前开始早餐的热闹劲儿一定要有。

多少年了,一拧开那煤气总开关,想象着一丝丝的气息如人所愿地来到灶台,然后,在"哔哔"的点火声中尽情燃烧,然后自己和家人就有了香喷喷的饭菜,然后胃里就有温暖的营养,月儿总是对这煤气充满了感激。

是它,代替了黑乎乎的柴火,省却了四处缭绕的烟;是它,快速高效地把热烈的火苗带来。

每个厨房都是女主人的主战场,母亲的战场硕大无比,里面堆着高高的柴草,这样饱满的厨房才能让母亲安心。

而现在,月儿只需要一个小小的开关,就能把所需的能源源源不断地调来。

那天,月儿边睡意蒙眬地打开煤气开关,边开始自己的油盐酱醋交响曲。突然儿子推厨房的门进来,仍然稚气的声音饱含睡意,却情真意切:"妈妈辛苦了,妈妈每天这么早起床为我们做早餐。"月儿听着心里突然暖暖的。她转身抱抱孩子:"谢谢你,妈妈不辛苦,妈妈为你们做早餐很开心。"

她想到,每次自己点燃煤气开关,听到那打火的声音,心里非常欣喜,那是对即将到来的饭菜的期待,还是对饭桌上笑脸的期待?期待的心情真的很美丽!

生活,也许就是这一粥一饭!

岁月,也许就是这一烟一火!

有了烟火的岁月,虽然可能油腻,可是,你的心有期盼,你的胃有温暖……

感谢岁月烟火的赐予者,感谢干净简洁的煤气,感谢那些燃烧自己温暖别人的事物,也感谢自己与烟火相伴的岁月。

白驹过隙,所有不起眼的温暾的烟火都会变成华丽大幕的入场券。

那些都是爱。它们薪火相传。

获2019年"庆祝改革开放40周年——燃气改变生活"主题征文优秀奖

第十一辑

打工岁月：那些暗路，终因付出努力而镶了金边

夜　路

　　夜路是打工生涯中最令人刻骨铭心的旅程了。

　　而我走的是多年前的那一段。那时候的特区远没如今的灯火辉煌。每个晚班临下班时，检点一天劳动的成果，将一箱箱排列整齐的产品送到待检区时，心中总是既喜悦又担忧。高兴的是一天的劳动结束了，可以回去睡个好觉；担心的是，这美梦从产生到实现还需走一段长长的夜路。

　　下班铃响前几分钟，工友们的动作忽然矫捷得像一只兔子，三下五下就将工作台面收拾干净，随后换工作服、换拖鞋，铃响了便潮水般涌向大门。

　　而我总是要慢半拍：检查流水线上所有电源是否已关好，人员是否都走光……所以"咣当"一声锁上车间大门，来到自行车房时，偌大的停车库便只剩下我那孤零零的一辆了。

　　于是急忙骑上车，拼命地踩着，不给自己喘气的机会，去追赶前面呼朋唤友的声音。那时候从湖里到寨上的路，仍坑坑洼洼，路灯也没有，一片漆黑。而且还有许多关于夜的恐怖传闻令我心惊胆战。我只能狠狠地抓着车把，使劲儿地踩着。及至看到宿舍门口的那盏灯时，吊在嗓门儿的心才稍微落了下来。此时发现自己已汗流浃背、气喘如牛。

　　后来，渐渐地有了熟悉的男工友愿意留下来等我，我们做伴，慢慢地踩着会唱歌的老爷车，数着忽闪的萤火，说着蹩脚的笑话，唱着掉牙的老歌。那时候的夜路一下子亲切起来，海边微咸的风，轰鸣而过的火车，一下子在夜里美好起来。

但好景不长，当谣言把那层蒙着友谊的细纱挑落时，一切又如夜路中的暗石，令人不由得小心谨慎地提防了。

后来，我住进了市区，厂里也开始用班车送下夜班的女工回家。

疲惫的我一上车就在座位上睡着，又往往是每停一站就醒一次。看到同车的女孩下车时，路灯下的老父亲便远远地迎过来，然后他们父女俩有说有笑地消失在夜幕中，我总忍不住眼热。想想父亲终不在身旁，孤身一人的宿舍里连热水也没一杯，我不禁流下泪来。

我住槟榔，是最后一站。下车后，开车的白师傅总不忘叮嘱一句："路上小心！"我已走了好远了，而司机总还亮着车灯，把我的身影拉得好长、好长，为我壮胆。

轻轻地走进卧室，扭亮一盏灯时，一种到家的感觉涌上心头。我这才发现夜很温柔，包括那盏久久亮着的车灯和故意推着车与我同行的老人，以及在小区林荫道上巡逻的巡警……我对他们充满感激之情。

而今，一走入夜路，我便想起那些仍在上夜班的朋友。愿你们都是好心人，愿你们都遇上好心人，能够在午夜安全地回家，然后做个好梦！

1997年9月2日刊于《厦门晚报》

在一块砖上跳舞

第一次走进熙熙攘攘的人才交流中心,看见那么多的人,那红的绿的广告牌上高高悬着"诚聘"二字,我的心既紧张又兴奋。一天下来,便顺利地通过初试、复试。待那人事部部长问我:"什么时候能来上班?"我想了想答:"明天吧!"那是1992年的盛夏,19岁的我,刚刚中专毕业来厦门。

第二天上班,机器的轰鸣声把我从梦想中震醒。天!高分贝的噪声,使人讲话不得不提高音量,工人的蓝制服上油垢斑斑。吃着那简单劣质的快餐,看着那拥挤杂乱的车间,我的心沉沉的。但我还是穿起蓝制服,穿梭在车间,大声地说话,把那长长的流水线前的二三十人安置好,让她们在规定时间里把产品生产出来,装上推车,送往仓库……

两年后,我终于厌倦了"千天一律"的生活——我厌倦了每天早上7点便急急出门去追赶时间,厌倦了把聪明花在炮制那一模一样的产品上。同时我也对那微薄的工资产生了悲伤,辛辛苦苦地加班加点干了一个月,换得的刚好是在商场看中的那套时装的价格……

我辞职了。我的辞职令许多同事大跌眼镜,他们都觉得我专业对口、条件好、工作认真、成绩众人皆知,前途看好呢。领导的章盖得很惋惜:"小叶,你要想清楚哦!"我不知道我有没有想清楚,但我想外面的世界会更精彩!

很快,我被一家私营企业录取了。那气派的写字楼,那漂亮的茶几,那可爱的转椅,那猩红的地毯……一切都是我喜爱的。连经理的"叶小姐有宏图远志,以后定成大器"的赞赏也是中听的。每天背着挎包，听高跟鞋在大理石上悦耳的笃笃声，我的心愉悦而开朗，未来像彩虹般向我绚丽地铺开……

后来事实证明了这次选择是错误的——这家公司因违法经营被查封了，我的白领梦破碎了。

于是，我匆匆地又进了一家外资企业。厂很小，只有二三十人。谈好是有住房的，但3个月后仍不见房子的影子。老板的言而无信，他对员工的苛刻，以及双休日经常加班，都使我有一种上当的感觉。很快我便伤心地离开了这里。

再次不得不走进工厂，看那流水线上排着队流下来的产品，我的泪水也流了下来：我这样频繁跳槽，只不过画了一个漂亮的圆，现在又回到了求职的起点！

碰壁之后，我想起了一个朋友的忠告："初涉社会，要学会在一块砖上跳舞！"是的，我只是个普通人，命运给我提供的只能是一块方砖大小的舞台——坐办公室也好，看机台也罢，这就是我在这个城市的位置，我必须学会在这一块砖上跳舞，把工作岗位当成发挥才干、实现理想的舞台，而不能老是"这山望着那山高"。

1997年8月5日刊于《厦门晚报》；后被《涉世之初》转载，并获"最佳标题"奖

第十二辑

人生滋养：感恩生命里拥有的一切，无论是悲伤的，还是惆怅的

我的电校我的师

一个46岁的人,来回忆31年前的事,总好像这段历史沉淀得不够久。就像一壶好酒,总需要足够的时光,才能拥有最醇厚的香和最美的光泽。

但其实,我知道,若要书写我这46年走过的人生之旅,福建电子工业学校是最值得我浓墨重彩书写的地方。

(一)

1988年9月,当一个15岁的乡村少女,怀着满腹的憧憬,骄傲地走进电校时,却发现学校里高手如云,自己最值得骄傲的资本片刻间支离破碎——

这里,不仅强调成绩,更强调素质教育,琴棋书画、舞蹈、主持、演讲……这使一个来自乡村学校的学生更加自惭形秽。

而省城高昂的物价、光怪陆离的新鲜事物,带着种种诱惑的同时,更带来经济上的压力和心理上的负担。

扑面而来的最大压力是专业,虽然中考时物理考了满分,但是一个15岁的少女能理解的专业是什么呢?等到发现自己被一堆公式包围、未来的自己可能被线路图包围时,才发现自己好像走进了迷宫,想要四处突围却没有抓手。

（二）

　　最初的一个月，那真是一段迷茫而孤单的日子。迷茫是因为弄不清楚自己的方向，孤单是因为离开了挚爱的父母，离开了熟悉的乡土，更离开了自己熟稔的生活法则。

　　那更是一段挣扎和落寞的日子。挣扎是因为新的自己和旧的自己总是在不停地斗争——要一个适应环境的自己还是一个永远保持本真的自己？落寞是因为我总希望自己去拨开所有的迷雾——是我迷路了还是别人迷路了？

　　我时常一个人，静静地走过学校食堂边那片静寂的树林，那里有站得笔直的香樟树，一棵棵挺拔着高傲的灵魂；我常常一个人望着夕阳，想象着老家那"荷把锄头在肩上，暮归的老牛在歌唱"的场景；我还常常一个人傍晚时踢踢踏踏地走在学校门口的人行道上，看着车来车往、灯红酒绿，想象着全家人围着灯火、就着简餐和乐美好的味道……

（三）

　　真没想到，有记忆以来的第一次痛苦地生病是在电校，那个曾经活蹦乱跳的女孩瘦了一大圈，声音嘶哑甚至失声失眠。

　　所幸，我在电校，这里有最好的医师。和蔼的校长太太温柔地把手放在我的额头，柔柔地跟我说："你可能是想家了，水土不服了。"她还安慰我说："你身子骨好得很，不用担心。"她努力让我放松。终于，在她妈妈一般慈祥的劝导下，一向怕针的我第一次打开自己紧闭而恐惧的心，像一只乖巧的绵羊，任校长太太在我的额头上眉角边插满了长长的针，那针扎得我浑身酥软，也让我打消了对往日的执着和对未来的恐惧。

　　真没想到，有生以来，第一份印着自己名字的作品会是在电校完成的。多少次我的文章被贴在老家黑板报上，那曾经极大地激昂了我的写作热情。而如今飘着墨香的校刊上登着我的文章，这极大地抵消了我堆积已久的自卑感，让被打击得一无是处的自信心终于爬出了谷底，就像一只背着沉重壳的蜗牛慢慢地探出了头。

而最难得的是，我碰到了最好的语文老师。在这个可能要拿着电烙铁、在轰鸣机器声中度过8小时的工科生世界里，年轻优雅的语文老师帮我打开了另外一扇窗。她有一颗标志性的痣，有一个柔美的笑容，还有一颗善解人意的心。她认真地帮我改每一篇文章，无论是她布置的还是我随手写的。她还推荐我看三毛的散文和惠特曼的诗，甚至借给我她家的藏书，邀请我去她雅静的家小坐。

在那迷茫的青春里，我读懂了书中一颗颗挣扎而高贵的心。从此一直活跃在学校文学社、记者团里，所写文章经常出现在校广播、校刊里，后来逐步走出了校园……"坚持写，就会越写越好。"黄红湖老师总是这样微笑着鼓励我。

真没想到，有生以来，第一次"当官"是在电子学校。感谢李瑜芳老师，她的"让每个学生都有机会得到锻炼"的理念，也让我得到了充分的锻炼。我当过课代表、班级组织委员、学校女生部副部长……走出去，我接触到许多新鲜的事物，不再孤芳自赏、作茧自缚、画地为牢、郁郁寡欢。我交到了许多志同道合的好朋友，我们时常肩并肩地漫步在校园，一同欣赏日出日落，甚至从三坊七巷举着小灯笼小心翼翼走了几千米回到学校。

但专业上未能称心如意仍让我郁然。在每学期假期写给班主任李瑜芳老师的信（每个同学都要写的作业）里，我经常吐露这一点，我抱怨这个世界的不公平——有的人含着金汤匙出生，有的人却须劳碌终生；我希望拥有快意恩仇的人生——享有身心的自由、时间的自由和金钱的自由，可以踏遍万山千水……那些现在看来稚气而冲动的话，却得到李瑜芳老师耐心的开解。她告诉我公平是相对的，想要自由的人生首先必须遵守社会的规则；专业是可以改变的，但是钻研和学习的态度需要培养和训练；生活中不如意十之八九，生活不会永远是一条直线，像正弦波，有时起有时落，当然更多的是螺旋式上升……

真没想到，有生以来，我的第一次放弃是在电校。虽然，我是制图课代表，虽然，我是一位非常用功的学生，非常渴望拥有最完美的成绩。虽然，我那位温和的制图老师花了很多时间辅导我。

但最终，我的成绩仍然中不溜，达不到我所期望的"优+"，特别是虚线、实线老出错。而我，面对课代表一职和老师的殷殷付出，有很深的负疚感。

感谢我的制图老师，感谢学校门口的那位理发师。那位动作慢的理发师告诉我：学得不够好并不只是因为你现在功夫下得不够多、不够努力，很多事，急也急不来。时间用够了就会自然开窍，水到渠成最需要时间。而温和敦厚的制图老师则告诉我：不要太勉强自己，并不是每个人每项事都可以百分百完美，你付出努力了，收获你的成果了，这就可以了，不可以期待每次的果实都那么丰硕。多年后，我最感念制图老师的那句话。我想，如果那时老师再责备我，我可能会患上抑郁症。

现在想来，生活中，有很多东西，真的需要放弃。寸有所长，尺有所短，有谁能想象出，一个对文字非常敏感非常有激情的人，能对制图和数字也同样充满感情呢？

（四）

在电校四年，我从一个表面柔顺、内心叛逆，表面高傲、内心自卑的敏感少女，逐步成长。我学会了大度和担当，在蔡金开校长的耐心开导中，我终于知道，文字不仅是表现自我的工具，它更因为具有传播性而被赋予了更多的社会责任。这使我在后来的写作生涯中越走越稳。

在电校四年，我学会了欣赏和祝福，远远地欣赏比自己优秀的人，真诚地赞美和祝福他们；我还学会了坚持和放弃，坚持自己心中所想，放弃那些力所不逮或是华而不实的。

（五）

　　1992年7月，我从电校毕业，经历27年的岁月洗礼，我一路在坚持中坚强，在取舍中得到：我曾经当过工厂的领班，倒着班重复着机械而枯燥的日子；我曾经做过销售，跑楼扫街与各色人等打交道；我曾经当过记者，四处奔波，渴望在平淡的生活中"铁肩担道义，妙手著文章"；现在我成了一名高级经济师，一些文章获得了国家、省、市奖项，我的人生也呈现螺旋式的上升，我得到了少女时代渴望得到的大部分东西，而现在，它们的到来变得水到渠成、云淡风轻……

　　毕业5年后，我就没有再从事无线电专业相关工作，但我仍用严谨的、发展的、辩证的眼光看问题，坚持信守承诺、坚持能者为师、坚信只有汗水才能浇开成功之花……

（六）

　　我爱我的电校，是它，容纳了一颗懵懂少女的身心，让她可以自由地吐纳呼吸；我爱电校的老师，是他们，打开了一个急躁少女的心结，告诉她，慢慢来，一切会有水到渠成的一天；我爱我的电校，是它，让我结识了一班无论富贵贫贱都坦诚相待的同学，与他们相互依偎、一路扶持、一并成长。

　　电校，不仅是我生命中的一段旅程，更是我人生道路上坚强的基石。它告诉我什么是坚持、什么是放弃，怎样等待、怎样争取；它告诉我，没有谁能挡住你发光，除了你自己！

　　感谢电校，是它，让我带着"有梦不觉岁月寒"的念想体会人生百味，然后以一颗谦卑又足够强大的心，笑看花开花落、云卷云舒！

　　　　　　　　　发布于公众号"厦门叶玉环　与你温暖同行"

我的八中我的梦

33年的陈酿,慢慢倒出来,会有怎样的醇香?我不知道。但我知道,当我开启尘封33年的记忆之窗后,它们就噗噗地跳出来,就像刚孕育的生命,活蹦乱跳,鲜活动人,带着青草芬芳。

是的,关于八中,我有太多记忆,许多琐碎慢慢灰飞烟灭,但记忆的火星中,几件事却越发耀眼迷人。

(一)升旗手

记得上初中时,当一名升旗手是非常荣耀的事,站在二层楼楼顶,看着操场上黑压压的一片同学,听着雄伟的《义勇军进行曲》,然后迎着朝阳,把五星红旗冉冉升起,这种感觉实在不是每个同学都能享受到的。

很幸运的,我享受到了,并且连续一年。

但是,在欣喜地享受那注目礼的同时,我发现了一件非常严峻的事情,那就是我要去升旗,一定要穿过走廊那挨挨挤挤的人群,在人群还没往楼下拥的时候,就抓紧到二楼天台上,我总不好让全校师生立正等我吧。而这,是非常具有挑战性的。

因为逆流而动,同学们很快就认得出来哪个是我了。

站在高高的天台上,离大家远远的,我不担心。安安静静地坐在椅子上,大家都在上课,我也不担心。可是要穿过汹涌的人流,我就有些担心了,因为,他们就会认出,这个升旗手的衣服大大的宽宽的,仿佛是别人的衣服似的,特别是灯芯绒裤,臀部处总是磨得光光的。

其实同学们看到的没错，衣服不是我的，是我大姐二姐穿了又穿，而后轮到我的。在开始懂得爱漂亮的时候，我懂得衣着跟经济实力有关。同时我也深深明白，相比两位姐姐，我已经幸运很多，我能稳稳地坐在教室里读书，而她们像我这个年龄，早就扛着锄头在地里劳作。邻居们都说，第三个女儿"吃命"，而我深深地明白，其实根本没什么岁月静好，只是有人替你负重前行罢了。

早早地懂得人间甘苦的我，初中时的成绩还真的没话说，感觉要替姐姐们把书都读好一样，一样的科目，老师布置读一遍，我总是读三遍，政治考试曾默写得连标点符号都一模一样。有一次五科（语数英物化）考了475分（每科100分），那位后来的"全国最美校长"杨发展老师，有一天特地踱步到我们教室，慢慢地在黑板上写下"475除以5等于多少"，当同学们异口同声地说出得数时，他又说，"这是一位跟你们坐在一起的同学的成绩"，瞬间教室静默得连一根针掉下来都听得见。

我很享受发考试排名表的时刻，因为我名次三年都牢牢钉在最前面的位置；我也很享受升旗的瞬间，迎着朝阳，听着令人热血沸腾的国歌，心里升腾出无限骄傲和自豪。只是穿过那长长的走廊，总令我十分担心，担心自己在同学中的美好形象，会不会就此崩塌……

后来的我，发现自己喜欢静静地坐在位置上干活儿，写文章、做事，不喜欢抛头露面，即使穿着神气的新衣服，总感觉要接受众人的审视般很不自在。我想，大概是因为我在人前缺乏足够自信的原因吧。

（二）图书馆

图书馆是我最爱去的一个地方。因为那些书是静默的，它们不开口说话，于是就没有语气差别和眼神不同。我最爱去图书馆，然后抱一大堆书回家。

其实学校也是有规定的,每次只能借两本。只是沉默不爱说话的叶炳焕老师发现我也是真的爱书,每次都能及时地还书,也从不损坏书,于是他就同意我把选中的书都带回家。

当然偶尔他也会要求我帮他刻些考卷,因为各个年级的试卷实在太多了,叶老师忙不过来。那些一笔一画从蜡纸上刻出的考卷,曾经陪伴了无数山村学子的夜。

而从小小图书馆里借出的一大抱书,曾装点了一个山村少女的梦。

(三)我的饭盒

最搞笑的是,我买的第一个锃亮的饭盒,突然就不见了,心疼之余,我再也没去学校寄宿了。

初中三年级时,学校老师开始给寄宿生"加餐",就是老师在晚上也继续上课。由于我家住在离学校不远的地方,所以我没寄宿。但我是好奇的孩子,很想知道老师晚上到底上了什么课,讲了什么内容,于是便很想晚上到学校晚自习。因为必经之路有一条小溪,还有一片墓地,父亲很不放心,便陪我去学校。

几次下来,我觉得父亲已劳累了一天,还要陪我上晚自习,太辛苦,便跟父亲要经费,买一个饭盒蒸晚饭,然后在学校宿舍休息。

那天我很兴奋,感觉像第一次独立自主般,有了自己拿主意的机会。蒸饭时,我把自己崭新的饭盒放在一堆被敲得奇形怪状的饭盒中间,然后仔仔细细地记住了饭盒的位置,最后不放心,还在铝盒子上画了一片叶子,作为记号。

等到我兴冲冲地到食堂取饭盒时,发现偌大的蒸笼里,除了歪七扭八的"年老"饭盒外,我那如二八少女般锃亮的饭盒连影子都没见着,仿佛长了双腿,趁我不在逃之夭夭。

见我眼泪快滴下来,一位不太熟识的女同学好意地跟我说:"找不到饭盒吗？要不，我们一起吃吧。"我别别扭扭地，跟她坐在一起，其实也不好意思吃，因为如果放开肚子吃，那真是吃了人家的口粮啊。

那天，我还是坚持了晚自习。因为父亲说好不来接，我也不敢深夜经过墓地，走过小桥回家，只好留在预订的宿舍里。大通铺里的脚臭味，四处起伏的鼾声，还有饥肠辘辘的肚子，委屈得我直掉眼泪。可这时，再也没人来问候我了，因为别人都在梦里呢。

第二天，我理直气壮地以饭盒丢了、不再去寄宿为由，结束了我在八中的寄宿"一日游"。

父亲也从未问起我饭盒的事。可是我心里其实一直记着自己拥有的第一个漂亮的饭盒，也不知它后来花落谁家，有谁看出上面被精心画了一片小叶子。

（四）我的留言

临近毕业时，同学之间非常流行互相留言，互相送照片。

我家有5个小孩，经济还很拮据，我自然不敢花钱拍照片送人。

不过，不要紧哪，我写得一手漂亮的字，我还可以把句子写得很漂亮。

相对于"海内存知己，天涯若比邻"的老话套话，我很用心地写了对每个同学个性化的寄语和评价。

最让我得意的是，我在落款处，写的不是"你的同学"，而是写"书于莲花山下一涓涓细流旁"。

那是我的出身，也是我的起点。

我知道，我一定会把这地址印在我的生命里，但我终将离它远航，因为我努力的目标就是离开它，去看大江大河，去见证风起云涌的生活。

岁月给了我一个起点，我用它撬起了一份希望。

我感念八中，八中的老师、八中的同学、八中的教室、八中的草木，他们见证过我的青春，见证过我的汗水。他们中的很多人，都是我学习的榜样，包括跋山涉水从市区到山区教书育人的老师，包括坚持不懈永攀高峰的同学。他们简单、质朴、谦逊、上进，就像莲花山上的大树，挺拔而坚强，自在而舒展，淡然而从容。

莲花，永远是我生命里的锚。而八中，是送我远行的渡船和渡口，无论多远，我永远记得，我是从这里起航。

因为，所有爱的起源都在这里。这里，有我敬爱的师长、挚爱的亲人、可爱的同学，还有已融入血脉中的莲花的山水。它们和我一起，带着一颗简单的心去流浪。

一别经年，却永记八中。

刊于《同安文艺》

若爱，请深爱

就像打哈欠会传染一样，怀念的心情也会互相传染。7月9日回到母校参加福信校友总会，瞧见年近80岁的老校友在台上细数母校历史、倾诉对母校的爱恋、"赖"着不肯放下话筒后，我也忍不住晒出1992年7月摄于福州龙腰山下的压箱底毕业照。

30年前，母校当时还叫福建电子工业学校，我们这届学生是学校招的包分配的第二届初中生。大多数同学以绝对高分从八闽各地市考过来，其中不乏地市状元。后来很多同学成为行业翘楚，同学中厅级干部、博士学者、上市公司老板不在少数。我就读的是无线电专业，编在8812班。班里同学的年龄、家境都参差不齐。1988年入学时，有15岁的应届生，如我，毕业时还一脸稚气。也有同学毕业时22岁了，已是青年模样。大多数同学来自农村，期盼着"包分配"帮家里摆脱困境。记得有同学凭着每个月学校发的29斤饭票、16.5元菜票（伙食补贴）过了四年，没向家里再要过一分钱。

很幸运的是，我们遇到了最懂逻辑和正弦波理论的班主任——李瑜芳老师，她是我们的知心姐姐和引路人。她深入了解每个学生的家庭状况，坚持给学生写信；她规定所有带"长"的任期都是一年且不得连任，让每个同学都有锻炼的机会。她总告诫我们，人生就是一个个螺旋式上升的正弦波，起起落落很正常，关键是要守护好初心。这位"最美"老师后来成了教授。

教我们专业课的老师个个都有几把刷子：林爱平老师通过全国海选，成为厦门技师学院院长；杨元挺老师成为一所公办高职学校校长（教授）；而我最尊敬的黄红湖老师成为学校中层干部，她总是微笑着鼓励学生；郭勇老师成长为福信物联网与人工智能学院院长；陈桂芳老师性格温婉，教书细心又耐心……

同学们都很用功，老师们更用心，经常组织活动，让每个同学都能找到自己的发光点。如我的同桌罗丽涵书念得很好，活动主持也很棒，还会拉二胡。而我也当上了校记者、进入校文学社，还参加省学生运动会并获得奖牌。四年的电校生活丰富多彩，同学间结下了深情厚谊，毕业后常联系、彼此珍惜。大家都很怀念学校门口的大榕树、食堂旁的樟树林，更怀念当年扶着、拉着、扯着、推着，让一群懵懂孩子成长的老师们。

7月9日回母校，我特地独自走到学校的樟树林，看到树下刻着的"若爱，请深爱；若教，请全力以赴"几个大字时不禁潸然泪下。我们真的很幸运，遇到电校、遇到一群全力以赴的老师，是他们用心用情教导和呵护，我们才能够从容成长。

我想，若我80岁时还能够像那位学姐一样，在校友会上中气十足地侃侃而谈、理直气壮地"霸占"麦克风，那一定是因为，我很爱母校，很想把爱与后来人分享。

若爱，请深爱。感谢母校！

2022年8月15日刊于《厦门日报》城市副刊

第十三辑

读书时光：愿书香弥漫

你的人生、温暖你的梦

眼睛明亮

小时候,父亲老担心我近视,他在我读书时就千叮咛万嘱咐,要坐直坐好,千万别近视。因为如果近视了就可能把秧苗当稗草、把大麦当韭菜。

父亲很是担心,如果娃书读不成了,不近视,好歹还可以务农;而如果近视了、书又读不好,那就养废了。

他为此愁白了头。

也不知是不是每个孩子都会倚仗着父母的爱,故意拧着、别扭着……

总之,父亲的"近视学说"我没当耳边风,而是全部认认真真地记住,当作"金口玉言",但每句话都反着做。故意写字时窝着胸、歪着脑袋,甚至趴在桌上写,故意躺着看书、躲在被子里看书……总之,往死命里折腾,总希望把自己的眼睛折腾成近视,希望有朝一日能戴上眼镜,成为看起来很有文化的人。

当然,其实最大的希望是——父亲看我近视了、务农无望,只能一心一意地送我去上学。

20世纪70年代厦门最贫穷的山沟沟,有5个娃的农家,父母亲能供两个男孩去上学已是不易,3个女儿只能随缘。大姐只有短暂的学习生涯,二姐半字不识。所以对于我,是否让我持续上学,父母亲意见并不统一。

母亲倾向于"一碗水端平",3个女儿都没书读,这样就不会互相抱怨了。反正女孩长大了早晚要嫁人,油麻菜籽命,随风落、看造化。父亲则一直模棱两可。他说此一时彼一时,以前是实在没办法，现在我们再努力扛一扛，再说再说。

可是任凭我如何使劲儿"造"，我的视力一直稳稳地在1.5（即现在的5.0），看东西就像戴了显微镜，一如家乡的小溪——清澈见底。我实在是有些沮丧了。

一直以为自己小学毕业就得打道回府、回家务农了。不过，也许是因为我为了能近视，天天捧着书狂啃，不仅自己的书啃完，也顺带把哥哥的书拿出来啃完了。小学毕业时，我居然考了全县第二名（那时同安、翔安还一体）。

虽然母亲一直念叨着"猪不大大到狗去"，很是不甘，但父亲还是喜滋滋地带着我去初中学校报到了。一切水到渠成，父亲再也没有因为我还没近视，有希望务农而把我拉回家，而我也用一张张奖状换回可以继续读书的资格。初中毕业，父亲做主让我去读可以包分配的中专，于是我读了当时最时髦的无线电专业，开启了我闯世界的道路。

或许是习惯使然，长大后，年幼时的印记伴随一生，我随时随地带着一本书，一有空隙就读。逮到一本好书如饥似渴，不读完难以撒手。跳舞不会、唱歌不会、喝酒不会……我只觉得这世界太复杂，唯有读书最简单——只要全神贯注、心无旁骛就可以了。

我常常以代入的心情读书，读到主人翁悲伤时，自己也泪流满面；读到主人翁欢欣时，我也嘴角向上扬。

我海绵吸水般从图书馆里借了各式各样的书，然后把那些美好的、心动的、心悸的字词和感受工工整整地记在印着横条纹的读书卡片上，它们密密麻麻、成册成堆，屡次搬家都舍不得丢。

而为人妻、为人母后，我读的书就更多更杂了，烹饪的、养花的、教育的……只要是书，我就觉得它可能有营养，因为那里凝聚着作者、编者的智慧。

翻开书，读到会心处，仿佛微风拂面顿觉神清气爽；读到恍然大悟时，则如明月悬空，令人心宇澄明。

通过读书，我知道，人生百年，扣除吃饭睡觉，扣除前10年懵

第十三辑 读书时光：愿书香弥漫你的人生、温暖你的梦 199

懂后10年糊涂，扣除生子孕育抚养下一代，可用的时间短之又短。

而我们，欲望无止境，想要看看外面的世界，了解别样生活，时间有限、分身乏术，唯有读书。通过读书，我们可在南方的炎夏中听到雪落下的声音，可以做一个身在凡尘中胸中有丘壑的人，可以在前人摔倒的地方小心，可以在狂热时保持清醒。

以一个工科生的学历，能成功地在数百人的竞争中赢得报社记者编辑的职务，我的读书经历给了我底气，发表的近40万字作品更是读书生活的结晶。

生命是一列勇往直前的列车，唯有不断厚重自己，我们才能博采众长、提升效率，以百年身躯跟着书本活上数百年、跨越数千年。

读书让我们"腹有诗书气自华"，努力追求"穷则独善其身，达则兼济天下"，努力"择高处立、寻平处住、向宽处行"。

读书让我们心明眼亮，无论顺境逆境都能够静看云卷云舒、闲赏花开花落。直到我们生命蒸腾时，内心也不会惶惑。因为，我们已阅尽不同的人生。

感谢父亲，给我一双明亮的眼睛，让我去看世界。

感谢书本，给我一双明亮的眼睛，让我读懂世界。

有书相伴，岁月何其有幸。

2021年11月刊于《同安文艺》

担当的荣光
——读《私享集》

很偶然地买了一本《私享集》,很难得地静下心来,一口气把87篇文章读了一遍,感觉心里很是畅快,就像闷热的天,焦渴的地,忽然来了一场及时雨。

作者李泉佃作为享受国务院特殊津贴的专家,一名副厅级干部,经年累月在新闻战线上,始终坚持"铁肩担道义",坚持做一名有良知的、有担当的知识分子。他如一只啄木鸟,时时思考着如何找出寄附于大树上的虫子,虽可能啄破些许陈旧树皮,但其根本,却是爱护大树,爱护扎根于斯的土地。

怀一颗爱国、爱民、爱乡之心,李泉佃杂文嬉笑怒骂皆成文章,他积极思考各种存在中的不合理,他关爱草根、热爱乡土……但最难得的是他的担当,对于一个体制内的人,特别是对于一个在领导岗位的人,多少人因瞻前顾后而言不由衷,甚至曲意逢迎。而李泉佃则站高望远、居安思危、直抒胸臆、快意陈情。

以一颗知识分子的忧国忧民之心,以一名新闻记者的敏锐嗅觉,以"一枝草,一点露"及"人在做天在看"的淳朴之心,李泉佃成就了《私享集》里每一篇的精彩。

2014年4月23日刊于《厦门日报》

一诺千金：许自己一个未来

——读《风之王》

　　想不到40岁的自己会津津有味地读这本写给10岁孩子的书，一口气读完后，还忍不住重新细细品了一遍。

　　获得纽伯瑞儿童文学奖金奖的《风之王》中的阿格巴有一颗善良的心、敏锐的观察力和一份细腻的情感。可他是个马童，是一个小奴隶，同时也是个哑巴。可是哑巴有什么关系呢？如果你只读书的前50页，你都不知道他是个哑巴。

　　是的，与伟大的坚持相比，你就会发现，哑巴真的算不了什么，虽然他有口难言，遇到了一系列的麻烦，比如差点在临行前死于国王的短剑下，比如眼睁睁地看着闪的重要的身份证被撕碎。

　　人世间，有太多的无奈。

　　但是，当他面对有着凶兆麦穗纹和吉兆小白点的刚刚死了妈妈的红棕色小马，他郑重其事地说："我就是你的爸爸，闪，等你长大了，大家都会对你鞠躬，你会成为风之王。我保证。"之后，他便竭尽全力地去实现，他努力证明闪的吉兆，使闪免于一出生便死于马厩的悲剧；他积极去寻找闪的粮食，以保证闪不会追随它的妈妈死去；他逃出法国国王的厨房，去找寻被厨师总管卖掉的马，风餐露宿地跟随它，为了它，不惜当个什么都不要的小奴隶，帮助凶恶的贩夫走卒装木炭；为了闪，他翻越围墙，却进了监狱；为了闪，他打开栅门，却被流放。整整两年，他在人迹罕至的地方，与闪和老猫相依为命……无论闪处在什么样的恶劣境地，阿格巴却从未失去对闪的信心，永远竭尽所能地帮助闪、安慰闪。

阿格巴终于等来了闪的春天，闪丢失了证明它出身高贵的血液书，但他却用儿子的血液证明了自己的高贵出身，闪的三个儿子同时夺得了冠军，于是，闪理所当然地站在全场最闪亮处，接受大家对他的鞠躬。阿格巴终于等到了兑现承诺的那一天。

"马儿活多久，负责的马童就要照顾它多久。马儿一死，马童就得立刻回到摩洛哥。"闪一死去，阿格巴一秒钟也不停留，他立刻踏上回摩洛哥的行程。在他沉默的身上，永远闪着一个坚定的信念，这个信念支撑他勇敢地克服各种难题，度过常人无法想象的暗无天日的时光，那就是——一诺千金。

发布于公众号"厦门叶玉环　与你温暖同行"

感谢《老照片》这艘渡船

  一拿到《厦门日报》"城市副刊"名栏目精选结集《老照片 诉说光阴的故事》,我忍不住一口气读了下来。80多篇故事,仿佛多棱镜,跨越一个多世纪,生动再现了80多个场景。虽然人物各异、叙述水平参差不齐,却有同样的滋味——真实而感人。

  这些时光的碎片经过岁月的淬洗,越发晶莹,就像记忆深处最亮的星,熠熠发光。看看北辰记忆里的小学路42号旁,曾经"人声吆喝、猪声四起;竹鞭飞舞、烟尘弥漫,仿佛古代征战沙场";看看平贵的逢源伯公,"外表帅气、谈吐优雅、重情重义";再读读方腾的《鸿山隧道的前世今生》——"火车的轰鸣声早已湮灭在岁月深处,两根蜿蜒向海的铁轨却似琴弦,在时间的深处震颤着历史的弦音,记下了铁道兵的故事"。

  老照片里的老故事里的人和事经过时光的沉淀,越发珍贵。故事的主角有的留下了姓名和身份,有的连名和姓都未披露。但是透过老照片,我们却能领略到故事里的背景,对主人公的悲喜感同身受:海堤岁月里李开聪的笑容、战士们的掌声;见证鹭江两岸40年天际线翻天覆地变化时的自豪;锅炉工终于娶到车间主任的狂喜;支前船工周杭渡海作战推舵和扯帆时的紧张;为了践行诺言推开亲生儿子时母亲心中的痛楚;出其不意拔出手枪揭穿阴谋时的惊险……

  生活是个万花筒,每个人所处的时代、生活的背景各不相同,有人说"人类的悲喜并不相通"。但是,透过这些老照片,读到这些经历各异的真人真事,不禁为其中的脉脉真情、人间大义、伉俪情深、父子恩重、师生情谊而感动……这些光阴酿成的醇酒哇,静静地滋养着我们的精神家园。

尘缘俗世,风霜雨雪。历经岁月洗涤,留下最温暖的瞬间,有童年的欢乐,有暮年的趣闻,有说不完的缘分,就像四时烟雨、杨柳春风,就像血脉亲情亘古不变。

读着故事里的悲欢离合,我不禁内心汹涌、泪流满面。岁月的江河奔涌向前,不会为谁停留,我们谁也无法同时踏上另一条河流。感谢"城市副刊",帮我们记录人生,让我们见到草芥如你我,可能的另一条轨迹,以及真实的所历、所见、所思、所想。

这是草根的记忆,也是城市的记忆。这些真实,因为《老照片》,因为记录得以真实地保留。故事里的许多人已随时光远行,但照片里的人依然鲜活如初。

时光荏苒,岁月淘洗,唯余思念这根金线牢牢地系着过往和当下。

《老照片》的编辑们,这些勤劳而有智慧的收集者,把所有亮闪闪的金线收集起来,为我们编织了一片灿烂的可逆流而上、溯及过往的星河。沿着这时光之河,我们有幸度过岁月沧桑,直抵记忆最深最亮处——那里有爱、有暖、有人间至情……

我爱《老照片》,爱其中的真实和温暖,它们让平凡的生活繁星满天,让心田永悬明灯。

感谢"城市副刊",感谢《老照片》这艘渡船。

2022年11月28日刊于《厦门日报》城市副刊

第十四辑

风物:走过的路都成了风景,看过的风景铸就了心田

福田心造　培田育人

——记培田古民居

11月16日,薄暮之秋,匆匆的旅人,沾了福建省青年作家高级研修班的光,在妙语连珠的吴美熙老人带领下,与神往已久的培田古民居碰了个满怀。

徜徉在800年历史的村庄,脚踩着浸润着岁月光辉的鹅卵石铺就的千年古街上。

我忽然渴望来一场小雨。

这样,就可以在这黄昏里,看见红灯笼次第亮起,看见微雨迷蒙时,打着油纸伞的丁香般的姑娘,缓缓地从街的那头走来,而穿着长袍、长着剑眉的书生,正腋下夹书,小碎步快跑……

于是,他们在"最美转角"相遇,开始了一段缠缠绵绵的才子佳人的佳话……

如果说远近闻名的土楼是客家的古堡,封闭而坚固,彰显着客家人的团结与力量。

那么培田古民居就是客家人的庄园,优雅而开放,彰显客家人的美而柔。

培田的美,是弥漫其间的人文、建筑细节和情调,是一个把耕读文化做到极致的山村,存续繁衍数百年后依然精致而清朗地出现在我们面前时,给我们的震撼、警醒和力量。

福田心造

位列中国十大最美村镇、中国历史文化名村的培田有着自己与众不同的特质和韵味。

一进培田，就望见一幢高高耸立的牌坊，上书"恩荣"二字，有对联为"世有凤毛叠荷宸慈颁紫绂；身随豹尾曾陪仙仗列黄麾"。

据介绍，这座牌坊的主人是文武兼修的进士吴拔桢，他先中文举人（国学生），再中武举人，选拔至兵部任职。"身随豹尾曾陪仙仗列黄麾"，"仙仗"指皇帝专用仪仗，"豹尾"是皇帝仪仗龙旗的饰带，显示吴拔桢当年经常随侍皇帝左右那种显赫的声势与威严，不由得令人肃然起敬。

除了村头的恩荣牌坊，还有村尾"乐善好施"牌坊，建于光绪年间，跨汀连古官道，为汀州八县教谕奏请户部表彰知名乡绅吴昌同兴养立教、在地方立功、立言、立德而建，堪称国家级文明地标。村尾村口遥相呼应，古村新村相连，构成培田一道亮丽的人文风景线。

导游吴美熙老人指着立于村口的那棵傲然挺拔的树，问大家："你们知道吗？'楷''模'是两种树名，而这棵是什么树？"大家纷纷抬头望去，只见两三人才能合围的树干不枝不蔓，笔直向云霄，除了尾部华盖，竟未有旁枝逸出，令人叹奇。

"这是楷树。"他自豪地说。楷模即指"榜样、模范"，在文武兼修、光宗耀祖的吴进士牌坊旁植楷树，其教育意义不言而喻，令人感到先人的良苦用心。

一入村口，巨大的风车缓缓而动，清清的水仍在渠里缓缓地流淌。秋收后一垄垄整整齐齐的稻茬，像一个个士兵静静地守护着脚下的沃土。旁边的残荷，更是与这凛凛的秋意相契合。一大一小两头黄牛悠然从村口入镜，边走边惬意地咀嚼着草，几只肥嘟嘟的母鸡突然窜出，发出这静寂里的生动音符……

这一幅静美的田园风光,令人不由得感叹,在世事沉浮的几百年,能够保持岁月静好的培田,一定是有什么过人之处吧?

重教兴学

在培田,每幢建筑都写着劝学、劝善、劝孝故事,践行耕读传家的理念。

30幢华堂,在夕阳霞光下熠熠生辉,凝聚成永恒的历史。

吴美熙老人首先带我们参访的是"三台拱瑞"。这座华堂门前视野开阔,正对着3座山峰,形状恰似以前的笔架,故号称"三台拱瑞"。笔架是文人的标志,研墨写字、红袖添香,在寂静的山村,在虫鸣蛙叫声里,读书、写字,这是耕读传家的祖训,开门见笔架,寓意相当美好。"三台拱瑞"门上镌刻着"水如环带山如笔;家有旧书陇有田"对联,充分展示了主人的抱负和期待。

吴老先生还在"三台拱瑞"建筑门前,与我们大家分享了门前镶嵌着巨大的钱币图案的意义。这些就地取材的鹅卵石组成的图案十分精美,岁月磨损不仅无法使其褪色,反而使其经过时间的浸润,显得更加圆润可爱。吴老先生介绍说,这展示了中国人最崇尚的"外圆内方"的原则,"智圆行方"被古人当作境界极高的人生道德和智慧。

大夫第里故事更多。这座建于1829年、历时11年、占地6900平方米的"九厅十八井"建筑堪称屋中经典。大夫第又名继述堂,源自《中庸》"夫孝者善继人之志善述人之事",寓教弘扬孝道。门上刻着"绮里著清声;草庐传正学",内里门楣精美,门雕木雕处处,有对联"家存忠孝心;祖行仁义事"等。

大夫第是一座最富代表性儒商型建筑,门前雨坪开阔,石狮雄峙,原来还有配对石鼓和高耸功名旌表。天井里植着荷,用鹅卵石写着"旺"字。天井中的和气丽所、碧苔芳辉等均显示出主人的理想,窗棂上有精美的砖雕,其中有10枚古钱10朵花,寓意"十全十美"。

该建筑在中原庭院建筑基础上针对南方多雨潮湿的情况进行改造,并且科学地运用了梁柱式框架结构,使这座大院在经历了10余次地震后仍然完好无损。

而最为难得的是,大夫第的门楣上书着"培兰植桂",这里兰指女孩、桂指男孩。兰在前,则特别强调对女孩的培养。这在一直强调重男轻女的农耕时代,极其鲜明地显示了主人的才华和远见——生女生男都一样,重要的是如何去培育。

在"紫芝毓秀"的大宅里,刻着"经蕴草庐新书香发越;风移荆园旧文物声明",其间经年养育优秀人才。

在"教阃府"(建于1894年,又名世德堂),巍巍门楼上饰龙凤、联书圣谕,门外竖立旌表五爪龙纹旗杆,是主人文武竞秀象征。

在官厅(原为馥轩公建"大屋")刻着"秉义飞声闽嵋教忠翼卫神京"。门厅上书"宏才初展""奋进铭美""忠孝廉节"。该建筑集政、经、居、教于一体,后楼阁是藏书阁(藏有万余册古籍书),楼下是学馆,厅高堂阔住房多,相当于一个古驿站。

从南山书院前身草堂别墅开始,培田已有500余年办学历史,南山书院乾隆三十年(1765)落成,距今200多年。由于村子学校多,后将私塾、家学合并成为专门应试教育的南山书院。

据悉,自从先贤吴祖宽奠定了"耕读传家"祖训,把培田带入学堂时代,重金聘请进士办学。其创立的"六田",专门为读书人提供学习经费,比如"秀才田"为秀才提供读书经费。小小的培田历史上一共出了秀才、举人、大夫、进士238人,其中有23人进入仕途,官至二品。仅南山书院就培养了秀才140多名。

在培田,最古老的一所房子衍庆堂(宗祠建筑)在敬祖孝道、行善积德方面留下了很多可贵墨宝。

在培田,房屋不仅是人们的休息养生之所,更是教化后代培育子孙之所在,无论是雨坪、门头、门楣还是房中立柱、天井、正厅、墙壁,皆是主人宣传孝道、弘扬善举、宣示理想、教化子孙之地。

这种潜移默化的力量，结合其间美不胜收的雕花、门庐、斗拱等建筑，以及"三娘教子""状元游街"等栩栩如生的工笔彩绘，不仅使建筑富丽堂皇，而且使教化深入人心，实在是建筑中难得的珍品，是凝固的文化艺术瑰宝。

女子学堂

在农耕时代，男耕女织、重男轻女，似乎处处如此。而培田，让我们看到了不一样的爱护女子、精心培育女子的客家文化。这是客家文化的精华。可以想象，培田文化、建筑、历史之所以经久不断、历久弥新，都是因为家里有经过精心培育、受过善待的持家女子。这里，有不一样的女子教养文化。"可观风月"更是对女子文化的认可。

据介绍，培田有远见的长者、乡贤早早就认识到，女子也是家中重要的传承力量，特拨出专款培育和教养女孩。比如对不遗弃女孩的家庭奖吊钱500贯，对捡到女孩交到善堂抚养的奖吊钱500贯，对抚养别人遗弃的女孩也奖吊钱500贯并给予一人份的土地，对在善堂长大的女孩不仅给予免费扶养和培育，还在出嫁时给予适度的嫁妆。从而形成"女孩也是家中宝"的思想。

此外，培田还针对女子的才艺开展培养，设有"容膝居"。

据悉，明清时期培田经济文化繁荣、人际交往广泛，吴氏宗族非常重视女眷文化礼仪及女红教育，在原有家族塾学容膝居创办妇女学馆，以识字、家训、族规、伦理、女经等为教育内容。一改"女子无才便是德"的封建思想，让女子有才艺傍身，而不是简单地靠色相、打扮来取悦、依附于男人。同时支持女子读书识字，拥有可以教养后代的力量，使耕读文化得到更彻底的落实。而这些，均由宗族公共资金所支付。

在容膝居，我们见到了精湛到可称为艺术的女红，无论是婴儿衣裳还是手工刺绣，都非常精致、经典。内里对联为"云卫鹏翼伫腾高；璧水芹英看撷秀"，大气舒展。据悉，土地革命时期，红军还在这里兴办妇女学校，提高支持土地革命的思想意识。

祖宗传承

一到培田，我就为那高高耸立的牌坊惊艳到。它就这样矗立在蓝天白云中，在空旷的田野间更显得高大而显眼。记忆中有很多地方都有牌坊，但它们大多被琐碎杂物所遮挡，很难能如此神清气爽地金鸡独立、敞亮于天地间。

而培田就做到了，证明他们真的珍惜祖上的荣誉，尊宗敬祖，家家传承、宣导耕读文化，这是培田给我的感动。

一到培田，我发现在一坟墓旁，建有庞然的建筑，看这体量宏大的建筑群，想来屋主财力定然不凡。在高大的围墙下边，一处精致小巧的坟依在墙角，仿佛与那高大的建筑群连为一体。

中国人历来忌讳死亡，更何况坟与屋紧密共依，想来以屋主的财力，迁走一座坟应该不是难事，但是这样的相谐相生，却凸显出客家人对祖宗的尊敬。

"积善之家必有余庆，积恶之家必有余殃。"祖宗与今人，并不是简单利落地以生死相切割，先人的福德可以荫庇子孙，自然祖上的恶行可能殃及子孙。

这种敬祖护幼的传承和教化比"举头三尺有神明"更具有指导性。

在培田，每座华堂都有对联、题匾，无处不在提醒自己和教化后来人，也潜移默化地传承着先人的良苦用心。在大夫第里，一个"孝"字，其串起的撇处，就活生生地显示出一个人的两幅面孔，一种是"色难"，一种是"色善"，愉悦地沟通、不给家人脸色这才是最大的孝举。

尊老、敬老、爱老、护老，这是培田文化瑰宝。也正是因为这永续的传承，我们才能有幸看到，800年前的建筑，那些精美的雕刻，那些警世的言语。我们也才能看到，千米的古街依旧完好，千年的暗渠仍然通畅、清澈。这其中流淌着的不仅仅是文脉和乡愁，更是治国理家的大道理。

青砖黛瓦，飞檐翘角，流水潺潺，书香袅袅，漫步在培田柔和的路灯下，我依依不舍。

在无尽的苍穹下，很幸运能和培田相遇。很幸运能看到800年前先人的足迹，了解他们在建筑、管理、治家、治学、教化、生活起居中的智慧；了解他们如何运用家庭、家族力量，兴女学，育栋梁，以身作则，率先垂范，尊师重祖，心怀天下；了解他们如何从培田走出，跨洋越海，求知求学，又回国报效祖国。

每个培田人都是真心英雄，保留下瑰丽的建筑，传承下灿烂的文化。

刊于《客家文学》2021秋冬卷

百花厅里百花俏

百花厅，掩藏在万石园的迷人风景中，实在太容易被错过。

是的，相对于梅海岭那热烈绽放的三角梅，相对于多肉植物区的异域风情、热带雨林的美若仙境，还有曲径通幽的万石湖，闻名鹭岛的天界晓钟、太平石笑，百花厅实在太不起眼。

万石植物园，这个占地4.93平方千米的福建省第一植物园，这个集植物景观、自然景观、人文景观为一体的万石之园，美景实在太多。

而我要给你隆重介绍的，是百花厅。

百花厅，从西门穿过南洋杉林，路过万石湖，在往棕榈园、玫瑰园的必经路上。

百花厅门口开阔，战士般站立着几棵棕榈树，树干挺拔俊俏，简洁地诠释着"椰风海韵"。

相对于周边的花枝招展，百花厅更像一个淡定的内涵智者，需要你拾步进入厅门，才能真正了解门后的精致与奥妙。

百花厅经常举办各类花展，应时而简洁，是专门给懂得的人看的。

说是厅，其实内里大有乾坤，厅与山水相连，别有洞天，厅里不仅有回廊，有曲径，有游动的鱼，还有莲雾，简直是一个微缩版的山水园林。

当然，厅里的重头戏还是花展。有各种花展，兰花展、菊花展、海棠展……都美不胜收，令人流连忘返。而且还贴心地写着各类科普知识。最妙的一次，我还看过辣椒展，奇形怪态的各类辣椒，简直令人眼界大开。

相对于一成不变的山水,我更喜欢百花厅,喜欢突然映入眼帘的相遇,喜欢一样的族群相聚,仿佛开年会般的喜气,喜欢能工巧匠等待花开的喜悦。

万石园里万石美,百花厅里百花俏。

发布公众号"厦门叶玉环　与你温暖同行"

车马闹市状元堂

小学里的江夏堂,闹市区里的状元府?

是的,你没看错。

一幢占地373平方米的江夏堂就这样安静地坐落在厦门最繁华的中山路旁的文安小学内。

第二次到江夏堂,因为有了讲解员,便能够更加彻底地欣赏江夏堂。

首先,让人震惊的是,一座宗祠竟然大大方方、堂而皇之地占据了公立学校的门面;其次,你将震撼于这座宗祠的巧夺天工;再次,你将震撼于主人的文功武略;最后,你还会折服于黄氏宗族的自强自律、才俊辈出。

江夏堂位于思明区钱炉灰埕2号文安小学内,由我国历史上最后一位武状元清末南安的黄培松领旨倡建,被誉为"厦门最具艺术价值的老建筑"。建于清宣统二年(1910),1918年竣工。江夏堂面阔五间,进深八椽,高12.5米,重檐歇山顶,抬梁砖石木结构。特别是顶部中央设藻井,呈斗八形,以层层斗拱叠架而成,令人不禁赞叹祖先技艺之精湛。

江夏郡,现为湖北省云梦县东南,是大部分海内外黄姓华人公认的总郡望和发祥地,故有"天下黄姓出江夏,万派朝宗江夏黄"之说。东汉大孝子黄香被誉为"天下无双,江夏神童",故江夏堂也有褒扬族人"孝、德天下无双"之意。

黄培松,会元状元,文武双全,培威将军,71岁高龄离世,一生尊崇"以德立身、以诚立业、以信做人、以义交友、以勤俭持家"，留下美名。

厦门江夏堂，是黄氏宗亲"过台湾""下南洋"的出发地。黄氏宗亲重祖训，子孙多才俊。

据载，仅莆阳黄后裔为状元者有10位。其中文状元者7位：五代黄仁颖，宋代黄公度、黄定、黄由、黄朴，明代黄观、黄士俊；武状元者3位：唐代黄仁泽、明代黄钺、清代黄仁勇。黄氏为宰相者有10位：宋代黄镛、黄洽、黄祖舜，明代黄景昉、黄鸣俊、黄士俊、黄道周，清代黄机、黄锡衮、黄廷桂。

厦门也有不少黄氏英才，如黄奕住不仅是一位爱国的华侨企业家和民族企业家，还是一位积极参加华侨社团、热心文教公益福利事业及侨乡各方面建设的社会活动家和爱国者。

循天道，重义理，恩泽后代。站在历尽百年沧桑的江夏堂，不由得遥想当年状元郎，该是多么意气风发，又该是如何自强自律，才能文武双全、有所作为。遥想当年多少远离故里的黄氏后裔，又是如何谨遵祖训，为国家为社稷做出杰出贡献。

更想到在琅琅书声中，多少华夏学子，注重家国情怀，心系黎民百姓，强化文功武略，学得一技之长，携手共创美好未来。

肉身易腐，精神永存。

大浪淘沙，岁月一定会记住有功于社会的人。

江夏堂，值得你一来的地方。

注：江夏堂原有建筑规模宏大，包括"紫云屏""宗贤堂""拜庭""祖祠""宗亲会馆""后花园""望海亭"和"江夏小学"，面积达1万多平方米。其中，"江夏小学"于1949年改为公立小学，后改名为"文安小学"。江夏堂现仅存祖祠和宗亲会馆两座建筑。所以，先有江夏堂，后有文安小学。

发布于公众号"厦门叶玉环　与你温暖同行"

微风轻拂溪头下

如果真有天涯海角，那会是什么样子？

那个夏日的黄昏，我和先生来到溪头下。

首先映入眼帘的，是一座古色古香的寺庙，清静得仿佛只有我们两个来客，但佛像庄严，古树苍然，令人肃然起敬。

接着跃入眼帘的，是一条彩色的大道，红色沥青热烈地围着这个小渔村，仿佛是一条披在肩上的彩带，一下子，整个色彩就跳跃起来，心情也开朗起来。

那个爬满绿色藤蔓的小院，那个卖着刺果的小店，那个在路边采小花的小姑娘，一下子也生动起来。

蓝天白云下，溪头下仿佛铺了一条长长的红地毯。行走在上面的人，都是幸福的人。

路上，看到一对新人，正兴高采烈地摆造型。百年古榕下，阳光温柔地洒在新人身上，身着白纱的女孩，倚着她神采奕奕的男孩，眼里尽是如水的柔情。

微风轻拂，海浪轻缓地拍打着岸边的细沙，似乎也像一双温柔的手，抚触着沙子细腻的肌肤。

远处有缥缈的歌声传来，夕阳西下，这个婚纱摄影新胜地——溪头下，似乎真有一种天涯海角、天荒地老的味儿。

岁月静好，就在溪头下。

注：溪头下自然村，从前是厦门的一个小渔村，因有金山、曾山山水汇集成溪，村庄于下游呈月牙形，故得名。

村子与台湾省民俗村相对,与亚洲海湾大酒店毗邻,可遥望金门岛。有大片的阳光海岸、金色沙滩、奇特礁石和古寺进明寺等遗址,有着得天独厚的自然与人文优势。

　　住宿、海鲜美食、环岛骑车、下海亲水非常方便。白天热闹,夜晚安静,很适合私人度假休闲。

　　这里的家庭旅馆很有特色,渔民们将自己的房屋改造成各式客栈、餐馆、酒吧、摄影文创基地等,别有风格,清新浪漫。

　　婚纱摄影现场提供一条龙服务,是厦门曾厝垵渔村后又一个很吸引背包客的集散地。

发布于公众号"厦门叶玉环　与你温暖同行"

遗落凡间的珍珠

——莲花之美：妙在自然天成

2019年11月19—23日，第28届中国金鸡百花电影节在厦门盛大召开，500多位明星聚集厦门，群星璀璨。

11月21日，陈道明、吴京、姚晨、黄晓明、梁静、流浪地球导演郭帆等专程到莲花军营村参观。

群星耀山村，整个军营村都沸腾了！

莲花军营，到底有什么样的魅力，可以吸引群星在百忙之中驱车近50千米跋山涉水？

因为风光旖旎、人文深厚的莲花，因为厦门最迷人的后花园——莲花。

现特介绍莲花之美景——妙在自然天成。

（1）光环满身的莲花

莲花镇，是资源非常丰富的旅游胜地，获得多方认可。拥有：

1个国家森林公园（莲花森林公园）；

2家"全国休闲农业与乡村旅游示范点"（丽田园、罗汉山）；

1个四星级乡村旅游村（军营村）；

1个AAA级景区（金光湖）；

2家省星级乡村旅游经营接待单位（丽田园、云和农家乐专业合作社）；

1家省四星级"森林人家"（金光湖）；

1个省级乡村旅游休闲集镇（莲花镇）。

（2）串满珍珠的莲花

莲花的每个景点都值得你亲自用脚去丈量。

莲花国家森林公园

莲花国家森林公园总面积约38.24平方千米，包括莲花山、金光湖、小坪、文山、铜钵岩五大景区。景区内山石雄奇灵秀，群峰、流泉、飞瀑……各具风采。126处景点中，有天象景观2处、地文景观42处、水文景观38处、生物景观24处、人文景观20处，是厦门唯一的国家级森林公园。园区冬暖夏凉，是休闲度假避暑胜地。

莲花山景区：位于后埔村，主峰莲花山（海拔755.2米），登高望远，林海浩渺、峻岭交错、良田农舍……美不胜收。山腰处有千年古刹太华岩寺，有太华圣境、莲花览胜、湖畔闲情、丹崖浮翠4个景区。

金光湖景区：位于内田村。被誉为"闽南西双版纳"，因其形如"湖"状，6条山岭和两座小山交相环抱，旭日初照，叶露晶莹，金光闪闪而得名。主要景点有桃花林、金光寨、金光十二潭、原始部落、李光地塑像、叠水瀑布、水滑道等，山花、泉声、鸟鸣、虫叫、小木屋……构成金光湖"美在自然，妙在原始"的特色美。内有恐龙时代的桫椤以及国家一级珍稀药材金线莲、灵芝草、风鼓草等。

小坪景区：这里万木参天、层峦叠嶂、溪涧回绕，令人流连忘返。有科教园、竹类观赏、休闲娱乐、水上活动、茶文化等6个景区。

文山景区：位于云洋村。兼具林、泉、石、瀑之胜，古寨追风景区的制高点——灯火寨海拔329米，视野开阔。

铜钵岩景区：位于云洋村。前身为南亚热带龙眼果树研究所，有狮山风光、花果山两个景区。铜钵岩寺，始建于宋代，距今已800多年。所在山为石鼓山，为文山余脉的巨石，其状若石鼓，"硬物敲之，铿铿如鼓，咚咚如钟"，因而得名。铜钵岩"镇寺之宝"合金铜钵，全世界仅3个。

莲花国家森林公园是一幅山水交融、气势磅礴的绿色画卷，是火山岩地层亚热带森林保留较为完整而形成的巍峨山峰的典型代表。

莲花水库：莲花水库是生态莲花的一大佐证。水库湖面碧波荡漾，四周湖光山色交互辉映，夕照、芦花、翠竹、果树……构成了一幅悠游自在的画面。莲花水库位于同安区西溪支流莲花溪河段，总投资约86365万元，主要建筑物设计洪水标准为百年一遇，校核洪水标准为千年一遇。

白交祠：云雾山庄

白交祠素有"云雾山庄"之称，其与安溪长泰毗邻，常年雾多、湿气大。全村有山地8800亩、茶园1200亩、生态公益林2000亩。白交祠地瓜远近闻名，其绵、甜、松，为"一村一品"，深受好评。

野山谷：奇妙山水

位于小坪村与水洋村交界处，以森林、幽谷、飞瀑、流泉、雨林闻名。占地面积6227亩。主要景点有玉女潭、跳跳潭、泪潭……景区的山路险岭峻、峰奇石异。景区的水，或急流奔腾，或波平如镜。

罗汉山：书院就在青山处

位于美埔村，原名青山岩。景区依山傍湖，集儒、释、道传统文化于一体，有景观数十处，令人可体会到"曲径通幽处，禅房花木深"的清静与脱俗，景区设施齐全，内有莲花书院。

丽田园：园中有梦是故乡

位于云洋村的澳溪两侧，总面积约6万平方米。澳溪水温润如玉，有"小漓江"之称。园区崇尚自然，蜻蜓、蟋蟀、蚂蚱、古厝、小溪、群鸭……"民居多古朴，住宅尽清幽"，丽田园的水、丽田园的景、丽田园的花，可抚慰你的乡愁。

佛心寺：向善义诊

位于莲花村莲花溪畔，原称佛心堂。有赵朴初的手迹，周边环境幽静、视野开阔。佛心寺每月农历初一、初十举办义诊施药。用50多亩土地建成一集禅修、弘法、义诊施药于一体的山水园林式药师佛道场。

莲花世界：水中仙子

位于莲花村，面积约70亩，有近600个花色莲花，年产量达20万朵。每年花开时，各色莲花争奇斗艳，成为莲花溪畔的一大美景。

同字厝、安字厝：特色古迹

位于莲花村垵柄自然村。"同字厝""安字厝"源于"同安"二字，"同字厝"兼具闽南特色和西方风味，是中西结合、集住家与防卫于一体的建筑。于2001年被列为区级文物保护单位。

安字厝：1940年10月，陈嘉庚先生在此设立集美中学分校，1941年2月招生上课，5月更名为"同安初级中学"。1952年9月改称"同安第一中学"，是"同安一中"的前身。

天地恩宠，山水佳话，无限美景在莲花。

莲花镇名片：东接汀溪镇，南通集美区，北临安溪县，处于多县区交界处。莲花人杰地灵，世界十大华商富豪郭芳枫、世界冠军郭跃华均出生于莲花。

同安名片：公元282年建县，至今已有1700多年的历史。又名银城，以其城墙轮廓似银锭而得名。同安古迹处处，名人辈出。

素材来自公开资料
发布于公众号"厦门叶玉环 与你温暖同行"

莲花之名人：山水之间育英才

莲花，曾经"养在深闺人未识"，如今掀起盖头来，令人惊叹它的绝世容颜！

莲花之名人篇：山水之间育英才。

大山是孕育灵魂的地方

脚跨东西方，曾两次获得诺贝尔文学奖提名的中国现代著名作家、学者、翻译家、语言学家林语堂，说了许多关于山的经典语言。他说："如果我有一些健全的观念和简朴的思想，那完全得之于闽南坂仔之秀美的山陵。"

"我常常站着遥望那些山坡灰蓝色的变幻，及白云在山顶上奇怪的、任意的漫游，感到迷惑和惊奇。它使人藐视那些矮山及一切人所造的虚假的而渺小的东西。这些高山已成为我的一部分，因为它们使我富足，产生内在的力量与独立之感，这些，没有人可从我身上拿走。"

"你若生在山里，山就会改变你的看法，山就好像进入你的血液一样……山的力量巨大得不可抵抗。"

"儿时我常在高山上俯瞰山下的村庄，见人们像是蚂蚁一般的小，在山脚下那个方寸之地上移动着。后来，我每当看见人们奔忙、争夺时，我就觉得自己是在高山上看蚂蚁一样。"

"我经常思念起自己儿时常去的河边，听河水流荡的声音，仰望高山，看山顶云彩的变幻。"

莲花：山水之间育英才

莲花山多。最高峰是小坪的状元尖山，海拔1072米。莲花在《同安地方志》上留下名字的山就有几十座：莲花山、大落尾山、石狮山、大企山、寨仔尾山、风过尖、大仓埔山、崎溪寨山、虎坑山、加坐山、凤冠山、内寮尖山、大寨山、鸟母坪山、后寮山、寨尖尾山、状元尖山、虎仑山、绿国岭、尖山、白格尖山、尖石尾山、南山尖、大尖、小尖、文山、金瓜寨山、幸福山、阳宅山、虎头山、溪东山、小溪山、大溪山、大麦山、竹坑尖山等。

莲花水多。全镇平均水资源总量为1.62亿立方米，平均可利用水量1.18亿立方米，莲花溪、澳溪、莲花水库……温暖、温润着万千莲花人。

被山风滋润过、被溪流亲吻过的莲花，民风淳朴，耕读传家，重信重义，名人辈出。

武有武功将军叶清标，武举人叶元魁、叶联登、叶联升等，文有内阁中书舍人叶心朝等。莲花还走出世界十大华商富豪郭芳枫、中华总商会董事陈延谦、乒乓球世界冠军郭跃华等。此外，"南天一柱"谢图南、粤东兵宪陈基虞等与莲花也颇有渊源，一代理学大师朱熹等均在莲花留下足迹、留下美名。

商界翘楚郭芳枫（1913—1994）：新加坡华人企业家，新加坡丰隆集团的创立者。生于莲花澳溪田洋，在家乡受过3年小学教育。1928年移居新加坡，在一家五金商店当学徒，业余坚持自学。1941年合作创立丰隆公司，经营五金、轮胎、采胶工具等。1980年又创立丰隆基金，盈利多用于社会慈善事业。丰隆集团在新加坡、马来西亚等地共拥有100多家企业。郭芳枫曾被美国《福布斯》杂志评为世界十大华商富豪之一。

武功将军叶清标：莲花桉柄村人。曾镇守并最终逝世于台湾，立有战功，被清政府授予二品"武功将军"。叶将军逝于台湾后归葬原籍。

世界乒乓球冠军郭跃华：1956年生于莲花澳溪田洋，1973年正式入选国家队。1977年21岁的郭跃华参加第34届世乒赛，为中国男团再次夺冠立下战功。1980年郭跃华获得首次世界杯乒乓球单打冠军，1981年第36届世乒赛，郭跃华连克老对手克兰帕尔、东道主名将舒尔贝克，并在决赛中战胜队友蔡振华，首度获得男单世乒赛冠军。1983年第37届世乒赛，郭跃华蝉联单打冠军，与倪夏莲配对混双夺冠。郭跃华是1975—1983年乒乓球的统领者。

中华总商会董事陈延谦（1881—1943）：字逊南，又字益吾，莲花澳溪人。18岁到新加坡谋生，1909年与友人合办商店，与林文庆等人创办华侨银行。积极支持孙中山的民主革命，曾任新加坡同盟分会会长。抗战期间捐款救灾，被选为南侨总会常务委员。在家乡创办同美车路公司，修建同安集美公路。独资捐办澳溪小学，捐款赞助英华学校。在新加坡投资开发东海岸，兴建商店、市场和住宅，人称为"延谦坊"。曾任道南等多所华文学校董事长、中华总商会董事，新加坡同安会馆发起人之一，并任首届主席。经商和从政之余，醉心于诗文写作，著有《止园集》。

莲花，山水有魂，岁月有恩，愿后代人才辈出。

素材来自公开资料
发布于公众号"厦门叶玉环 与你温暖同行"

莲花之传说：融合真善美

莲花，是个有故事的地方。

正如入选福建省第二批非物质文化遗产名录"莲花褒歌"中唱的：

> 莲花山区十九村，村村美丽小山庄。
> 好山好水好画卷，天然鹭岛后花园。
> 莲花山脉林海深，泉州漳州是比邻。
> 南宋朱熹同安任，莲花山上留墨林。
> 莲花赤子名声扬，芳枫海外富十强。
> 乒乓健儿真英勇，跃华夺冠真泉雄。
> 莲花褒歌有渊源，祖祖辈辈褒歌传。
> 文化遗产真久远，民间传统留光环。

莲花，是个有故事的地方。

莲花的故事，是脚边的故事，是身边的故事。所有故事都融合真性情、体现了真善美。

莲花山：据《闽书·方域志》载，莲花山名"金冠山""鸡冠山"，又名"夫人山"。顶有石岩，南望之，众山皆小。朱文公题曰"太华岩"，盖取"华岳莲花"之意。太华岩寺始建于宋朝，当年前、后两座大殿依山错落，气势恢宏，极具闽南佛道双供寺庙建筑风格。相传清咸丰年间因清兵围剿，寺庙被焚。如今，在太华岩遗址上只存在石柱、石盘、石阶、佛座、石磨、石碾、石槽。文物专家从其古朴的浮雕艺术及石质等考究,认为其应是宋代建筑物构件。

太华岩历史悠久,吸引了众多文人雅士登此吟诗唱和。南宋绍兴年间,理学大师朱熹任主簿同安时,民间有其"三探莲花"传说。相传朱熹前两次行至白沙仑时发现山上云雾笼罩,不见真颜,勒马而返。第三次行至白沙仑又是如此,乃祈天曰:"吾对此山无有不利。"云雾方散去。

朱熹遍游了"金冠山",至今留有"留心石""灵源""圣泉""太华岩"等墨迹。朱熹游莲花山时,曾在太华岩寺前一块状如芙蓉的岩石上镌刻"太华岩"3个擘窠大字,每字高1米、宽0.79米,是目前厦门时间最早、字体最大、保存最好的摩崖石刻。

清乾隆年间曾任福建、浙江提督的倪鸿范慕名到此并赋有《太华岩》一诗,留下佳句——为怜西岳高堪仰,聊把莲花拟岱宗。

石烛岩:在太华岩石刻之北1千米处,有天然上下两个石洞,称"石释岩",又叫"石烛岩",它由两块天然巨石横卧成上下两个洞。下洞奉祀"莲山大人",洞壁立有五块并列石刻,每块石板阴刻文字四行(楷书),每行十一字,是传经祖师为传授修行心法刻写的禅诀。字体的写法是隋唐佛经所惯用,史学家推断是唐代文刻。石刻顺序特意安排有错,第二块被排在最后。传说谁能读懂这些文字,就可以得到"九车九驴驮,九篮九粪箕"的银子。

民间传说,清光绪年间,上陵村有位叫詹方的秀才上洞释文,秀才读到最后几行字,已经听到银子响声,但由于心急意惶,最后一个"土"字读成"士"字,结果没得到银子,一气之下把"土"字凿掉,所以现在石板少了一个字。

据说当年朱熹在游览石释洞时,见此胜景而赋诗道:"山高神显独一尊,岩前通天日月烛。"因见山巅巨石形似莲花,特将山名改为莲花山。后人有诗曰——

莲花留心结太华,石释盘踞佛光显。

  朱子谶地留石字，千秋万载颂莲花。

  莲花十八叶：犹如一朵盛开在山巅的莲花，由18块宽窄不一的天然岩石组成、单单缺了花蕊，故又称十八叶岩。旁边悬崖峭壁，深不可测。
  七仙女峰：7块大石柱并列耸立，所在山势陡峭，如7位体态圆润婀娜的少女，亭亭玉立，风姿绰约。
  情侣岩：七仙女峰前有两小峰，紧相依偎，酷似一男一女耳鬓厮磨、窃窃细语。据说在峰前许愿，就能保佑恩爱夫妻白头偕老、永不分离，亲密恋人忠贞相许、姻缘美满。
  安乐塔：位于莲花镇澳溪村田洋自然村澳溪北。相传，宋绍兴二十三年（1153），同安主簿朱熹到莲花山区，至沃内（今澳溪村），见一畚平川，四面环山，水足土肥，仅一条小道与外界联系，谓此地为"大乱半忧，大旱半收"的桃花源地，即为此村留题楷书"安乐村"三字。后村民在村前沿溪古道（旧路）旁建塔置匾以示纪念。塔北侧为麒麟山，怪石嶙峋。塔前有石佛洞，洞上是麒麟寨，现尚有寨门和石墙遗址。旅居星州的陈延谦先生于1938年赋《乡思》——

  巍峨古塔镇山门，朱子题名安乐村。
  石鼓溪弦应忆我，不知松菊可犹存。

本文参考相关典籍
发布于公众号"厦门叶玉环　与你温暖同行"

第十五辑

人生感悟：我们终是寄于凡尘，但只要内心充盈，就是圆满

将温暖覆盖到每一寸土地

作为老厦门人,在岛内工作30年,我却很少请同事到岛外老家同安区莲花镇美埔村坐坐。不是我不好客,真正的原因是,我觉得,到了老家,可能会让大家对特区产生不好的印象,不相信这是特区。

岛内外长期的剪刀差,使得特区城乡的发展差距像是奔跑的两极,越拉越长。很多人根本想不到,在高端的经济特区厦门,在风景旖旎、素质高的厦门,乡村仍有很多村民家门口没有水泥硬化路,没有路灯,没有可让车辆交会的道路,没有污水处理设施和消防设施,当然更没有其他娱乐设施。莲花镇的许多农村一如40年前,岁月沉缓,日子陈旧,除了个别房子修得漂亮外,其他变化并不大。很多村落看起来远远不如周边的新农村。当然,"网红村"军营村是个例外。

虽然厦沙高速每天载着人流、物流呼啸而过,但高速旁的村庄,依然唱着几十年前的老歌,路很窄很小,只能单向通行。孩子读书要走过小桥,如果涨大水了,只能蹚着水湿着腿去读书。稍有能力的家庭总是想方设法将娃送到城区学校,每天十几千米地奔波。看病,有时不得不狂奔到30千米外的第一医院……

农村和城市差距有多大?岛内岛外何时是一家?当我看到岛内平坦的道路年年翻修,岛外许多道路依然坑坑洼洼,实在百味杂陈。

区里镇里村里财力有限,有心无力,这是可以理解的现实。一个莲花镇就相当于岛内湖里、思明两区的面积总和,加上处于水资源保护区,很多生财性项目引不进来,经济无法得到快速提升。作为一个发展了40年的特区,在建好鼓浪屿、筼筜湖、五缘湾、马鳌湾、同安湾……向全世界展示自己高素质、现代化、国际化的同时，还需多多关注和思考如何建好自己的后院，让全厦门人共享改革开放的成果。毕竟，莲花镇作为水资源保护区，为厦门发展也做出了自己的贡献。毕竟，包括莲花镇在内的广大农村，也是厦门的一部分。

　　位于同安的市第三医院划归市管，由厦门大学附属第一医院托管，这个消息让人看到新一届政府的魄力和决心。农村，需要更多投入；岛外，需要更多扶持。各类公建，包括医院、学校、道路、公共设施等历史欠账应该尽快补上，"岛内外一体化"不应成为一句空话。"先富带后富，同奔富裕路"要落到实处。

　　一枝独秀不是春，万紫千红春满园。"努力率先实现社会主义现代化"，需要将温暖覆盖到每寸应覆盖的土地上，让每个厦门人都能够骄傲地自我介绍：这，就是厦门！我，就是厦门！

　　期待这一天早日到来。

2022年3月31日刊于《厦门日报》；被《潮前智媒》收录；获"厦门百姓心中的社会主义"三等奖

凡是过往　皆是营养

（一）

凡是过往　皆是营养

张幼仪，拥有良好的家世背景，有政治明星哥哥，有惊人嫁妆，顾家守职。却不被其丈夫徐志摩看重。在她奔赴英国陪读孕育二胎时，还被徐志摩逼着离婚，在死活不肯打胎的情况下被抛弃在异国他乡，跑到德国在哥哥的帮助下独自生下二子彼得不久，却被徐志摩带着亲友团堵着要见证离婚。

这样的一个女子，想来该有多惨！

但张幼仪却把这样悲惨的过往，硬生生地变成了人生转折点。

离开徐志摩后，这个"乡下土包子"不仅没被打垮，反而涅槃重生：她在德国获得学位，回国后在大学教书，成为霓裳服装公司总裁、上海女子银行副总裁。她在离婚后，仍像家人一样对待前公公婆婆，只因为"这是我孩子的爷爷奶奶"。她拿钱给捉襟见肘的徐志摩时总是说"这是你爹的钱"。她以未亡人身份主持了徐志摩的葬礼，她给徐志摩二婚妻子陆小曼付生活费。她给儿媳请教师，为支持儿媳与儿子双双出国，接过抚养4个孙辈的重担。她到51岁还寻得爱情，而且获得"儿请父事"的支持，她与二婚丈夫恩爱幸福，以88岁高龄谢世。

晚年的她说："我要为离婚感谢徐志摩。他若不是离婚，我可能永远都没办法找到自己，也没办法成长。"

她把失败的婚姻、逝去的过往当作养分，促成她日后的无所畏惧和持续奋进，直至登上人生巅峰，被世人刮目相看。

（二）

凡是过往　皆该遗忘

多少人执迷于旧时光，只苦于无法穿越、无法挽回、无法再现，痛苦不堪。

就如哈利·波特也曾执迷于那面厄里斯魔镜一样，执迷于旧时光带给人的虚幻的温暖。

但如果一直执迷于旧时光，就永远无法向前，蹉跎了时光。

如果毛毛虫留恋于现状，就没有在蓝天下展翅的七彩蝶。

如果小蝌蚪满足于水中悠游，就没有两栖自如的青蛙。

如果蝉儿迷恋温暖的小窝，就没有那夏日的清唱。

舍去昨夜旧衣，方能拥有今日新装。

所有破茧而出的辉煌，都从打破旧巢开始。

电影《天使爱美丽》中有一句台词："人的一生中，每一个终点，同时也是一个新的起点。"

你遗憾中学毕业了，再也见不着好朋友了。可是，一转眼，更好的、更投味的朋友正在大学里等你；你惆怅地与大学同学各奔五湖四海，可是你却有了并肩作战的同袍和粥可温立黄昏的亲密伴侣。

山重水复疑无路，柳暗花明又一村。

（三）

逝去的　从容逝去
未来的　自己会来

我们挡不住每一片叶子的衰老,我们挡不住每一天的日落。

过去的,无论是悲伤的、喜悦的、快乐的、不甘的、委屈的、圆满的,都在逝去后变成了记忆泡影。

逝去的,就让它从容逝去,奔往下一段旅程。

记住想记住的,忘记想忘记的。

让过去,成为养分——滋养力量,孕育希望。

刊于《同安文艺》;发布于公众号"厦门叶玉环　与你温暖同行"

没经别人的路　不知别人的苦

在某文学研讨会上，一位来自中国台湾的女作家谈起原住民时，差点哽咽。

她朗诵的原住民诗歌直白简单却令人心酸，因为太悲苦、太沉重。

但会场仍有不少人无法同她一样动情。

因为，你没经别人的路，不知别人的苦。

许多年轻人，实在无法想象原住民是如何被边缘化，更无法理解那些跟不上时代呼啸的列车的人的忧伤。

> 山蹲坐在流水前
> 流水从青春唱到暮年
> 嗓子哑了
> 歌仍青青
> ……

（一）

许多年前的一次座谈会上，某大咖一直强烈建议，在风景旖旎的闹市别墅区增置粥馆，他用力地解释道："你们真不知道，有些有钱人，天天大鱼大肉，他的肠胃是多么需要清粥小菜呀，贵点也没关系，重要的是环境好。"许多与会者私下纷纷吐槽，在这个租金贵得吓人的地方开粥馆，简直是脑洞大开。

有一次在某五星级酒店，一位先生一脸愁容地面对丰盛的自助餐，叹了一口气说："你们今天吃得这么开心，但我吃一模一样的自助餐6天了，现在看了简直要反胃。"第一次进这家超高级餐厅的小伙伴，私下里都认为他太矫情，简直是低调炫富嘛，一顿过半千元的自助餐，连吃6天，想想都快流口水了。

（二）

我就曾经深深地疑惑过，在某国的影片里，为何吃个猪尾巴或是烤肉，就像过上了盛大节日一般？

虽然生在乡下，可我从小最不缺的就是肉，猪肉、鸡肉、鸭肉、鹅肉、兔肉……所以看着那些电影里的人吃肉时一脸陶醉的样子，总难以理解。

直到某天，两根薄薄排骨，要价近百元，我才深深地理解了。

（三）

著名的作家须一瓜说，在这个欲火中烧的时代，每个人都是一部长篇小说。

确实，每个人都是非常独特的个体，有着不尽相同的基因。

同样的出身，不一定有同样的亲朋。

同样的学历，不一定有同样的际遇。

同样的家庭长大，会有不一样的伴侣。

生活就是，你未曾走过别人的路，不知别人的苦。

生活就是，在每个岔路口，你只能选择一次，并且无法回头。

生活就像奔涌的河，也许并非直达目标，其间历尽曲折。只是你永远无法按动返回键重回上一秒，只能勇敢地奔涌向前。

（四）

你无法理解原住民的悲凉，
你无法理解富豪们的清粥小菜梦，
并非贫穷限制了想象，
而是你的河流没有流经那儿。
所以，亲爱的，不必过多自责。

多读书，多看不同的人生，多经历不同的风景，等到你的晚秋到来时，你自然波澜不惊，可以淡淡地听故事、慢慢地晒太阳、深深地理解世间的人和事。

因为，看过太多的人生、阅尽无边的风景后，你会深深地知道：种子总会发芽，叶子总会落下。

发布于公众号"厦门叶玉环 与你温暖同行"

四十五岁后，人生只剩三件事

（一）

45岁后，人生只剩三件事。

自己的事，别人的事，老天的事。

自己的事，就是自己能做主的事，自己能改变的事，自己愿意去改变的事。

别人的事，就是跟自己有关或接触到、看到的事，也许是亲朋、好友、同事的事，或者只是陌生人的事，又或者是刚好遇到、碰到、看到的事，总之可能是自己目之所及、有所关联的事，却是自己无法越俎代庖的、常常有心无力的事。

老天的事，则是，不管你情不情愿，它总是不管不顾地来，不会通知你，更不需要你的理解，你只能默默接受。

（二）

少年听雨歌楼上。红烛昏罗帐。

壮年听雨客舟中。江阔云低、断雁叫西风。

而今听雨僧庐下。鬓已星星也。

悲欢离合总无情。一任阶前、点滴到天明。

少年时，总是希望持剑闯天涯，渴望一骑绝尘，潇洒闯世界。

青年时，总是希望建功立业，打破俗世藩篱，打造出一个新世界。

壮年时，总是希望站上高高山巅，接受世人景仰。最好能在山巅上遇到同类人，否则会叹人生太孤独。

（三）

45岁时，人生突然过了半场。

就像中场休息时，上半场的分数已出来，遥遥领先的或者一骑绝尘的不多，就如世间，漂亮得如仙人、潇洒得如神人的也不多。

更多的是如过江之鲫，是不由自主被裹挟于时代洪流中的鱼儿，不断向前，却浑不知自己是在向上或向下。

（四）

45岁时，突然发现，有些熟识的人，悄悄如一片落叶，被风吹落，成了春泥。

突然发现，几日不见的父母，腰更弯了，发更白了，走路更慢了，饭量更少了。

突然发现，时代洪流不仅裹挟父母，自己与孩子也有了代沟。世道真的有轮回。

（五）

45岁后，突然发现，世界虽大，其实在自己身边兜兜转转的就只有这几个人。

他们是你的亲朋，他们是你的手足，他们是你的死党，他们是你的血亲，他们是你的牵挂和依恋。

是的，踏遍千山万水，总有一线情。

能牵住你的，才是你的家。

（六）

45岁后，突然发现，人生只剩下三件事。

自己的事，全力以赴才好。心中的梦想，想把它变为现实，就从当下用功。想爱一个人，就立刻给她（他）爱的拥抱，告诉她（他）你真正的心声。未竟的事，就立刻着手，不管千难万难，总要朝着实现它的方向前进一步。只要"积沙成塔，集腋成裘"，罗马总是有一天能到的。否则一直纸上谈兵，只会蹉跎了岁月。

别人的事，尽力就好。看不惯的人和事，能劝的尽量劝，能帮的尽量帮，能扶的尽量扶。其他的就随缘吧，"天要下雨，娘要嫁人"，只能随它去。你永远叫不醒装睡的人，你永远操不尽后来人的心。儿孙自有儿孙福。尽心力待天命，无愧于内心就好。

老天的事，随遇而安就好。天若下雨，你省得浇花。天若大晴，你刚好晒被。老天的脾气谁也摸不透。所以，老天的事，只能随它。老天的事，管不来的事，担心不了的事，就暂且一边放。

（七）

45岁以后，做个智慧的人。

跟投缘的人做朋友。

跟聊得来的人说话。

跟愿意听你分析的人讲道理。

忙完工作，修内心。

让心不轻易跌宕起伏，容纳得下上下五千年。

发布于公众号"厦门叶玉环　与你温暖同行"

面对有伤痕的"苹果"

"阿姨，请问会计在哪里？"

正绞尽脑汁、心急火燎地埋着头急急地赶着一份限时大材料，一个声音很突兀地打断了我的思路。

一抬头，一个人高马大的小伙子，正站在我的办公桌前，俯身盯着我。

我心里暗暗地叹了口气，迅速调整了表情和语速，笑着慢慢地说："找财务哇，从那个门进去就可以了，就是右边的那个小门。"

"好的，谢谢阿姨。"小伙子开开心心地走了。

此情此景令我想起，有一次，来了一个问讯的人，我轻声细语、详详细细地讲了半天，她却一脸茫然："你说什么？我听不清，能再讲一遍吗？"

我有些恼火，但仍然和风细雨地又详细地讲了一遍。

她还是说："你说什么？我还是没听清！"

看着这个脸蛋清秀、衣着整齐的人一脸迷茫相，我以为她故意捉弄人，于是很生气地大声问："你是不是耳朵聋了？！"

没想到，她眼里一下子蓄满了泪："我一只耳朵是聋了，但你说大声点我还是听得见、不影响工作的。"那一瞬间，我觉得自己简直就是一个罪人。

儿子告诉我，每个人前额都有一个"探测器"，当"侦测"到善意，他就会回应善意；当"侦测"到恶意而无力还击时，他的心就会受到伤害。听懂了儿子说的道理，我变得特别小心。

有一次，我负责对接慈善企业支持残疾人援助中心的采访，一路上，我一直提醒记者一定不要拍到残疾人的正面，因为他们更敏感、更脆弱。

有一次，我微笑着耐心地听一个患有口吃的孩子讲了十几句话。看到他神采飞扬的样子，我心里想：其实我没做什么，只是耐心、用心地听他讲而已，他就那么高兴！这都是因为他感受到了别人对他的尊重啊。

残疾人和我们一样，都是大自然之子，只因为生长过程中出现了一些"小瑕疵"。就像一个苹果被虫咬了，本身不该是苹果的错，但苹果却要承担有伤疤的痛。

面对有伤痕的苹果，我们一定不要埋怨它不好看，而应该真心赞美它多汁且甜美。

我们无法改变残疾人伙伴的生命轨迹，但我们可以用微笑和耐心给予他们更多的鼓励、善意和尊重。

刊于《厦门晚报》；获"我身边的助残好故事"主题征文二等奖

不梳头不看花

周末回同安，在大姐家，一眼瞅中几盆刚到的三角梅，蔚蓝的天空下，或红或粉或黄或紫或白，美得耀眼、舒展，微风拂过，仿佛只只彩蝶，翩翩起舞。

花儿清新脱俗，看得我眼睛发亮。见我那一副眼发直的样儿，大姐很慷慨："全部送你了。"十来盆姹紫嫣红的三角梅全被我收入囊中，想象着自家的阳台从此有各色花仙子安家，我忍不住喜上眉梢。

老妈笑眯眯地一边帮我把三角梅装车，一边神神秘秘地叮嘱我："千万记得呀，不梳头不看花。"

"为什么呢？"我问，"有啥讲究吗？"

先生歪着脑袋想了一会儿说："估计是因为花也爱漂亮吧。"

"对呀，还是我女婿聪明。你爱花的美，花儿也爱美。所以，不梳头不看花。"

今晨起床，赶紧梳好头发，才跑到阳台，跟花儿打了声招呼："早上好，小花！欢迎来这儿安家。"

上午码字时，想着老妈说"不梳头不看花"时那故作神秘的表情，我越想越有意思。打开电脑，输入"不梳头不看花"，居然跳出一句"惜花须检点，爱月不梳头"，一查，出自《增广贤文》，说的是爱花的人行为必须规矩，爱月的人要保持冰清玉洁。

因为怜惜花是高雅的象征，爱月是冰清玉洁的象征，"爱月不梳头"里的"不梳头"即指行为要检点。看来，"梳头"的含义古今并不相同，现在的"梳头"，指的是妆容要整理、不蓬头垢面的意思。

　　爱要相当，美要与共。努力提升，匹配自己想要的一切——"不梳头不看花"，感谢老妈赠我这句话！

2021年11月10日刊于《厦门日报》城市副刊

地下通道

每天必经的地下通道，有116级台阶，深邃、悠长、阴冷，终日不见阳光。有一次路灯坏了，我独自一人，风一样狂奔而过，心慌不已。

前些日阴雨，再加上没完没了地加班，令人心情黯淡。

想到还要走过那阴冷的地下通道，我不禁叹了口气。

叹气也得前行。忽然，一阵欢快的音乐叩击耳膜。

再向下两步，听到了响亮干脆的羽毛球击打声。

再向下，见到5位满头银发的老人，四人两两捉对，在打羽毛球，另有一人对墙练习乒乓球。

他们身边的音响播放着高亢的歌曲："红尘呀滚滚，痴痴呀情深……"

略有些眼熟的老人热情地向我打招呼："上班哪？这地方真好！下雨淋不着、风儿吹不着。"

是呀，真好！下雨淋不着，灯光够亮堂，地儿平坦，没有风，也少有人来人往，是个打羽毛球的绝佳地儿。对墙练球，地方也够宽敞。

踩着音乐的节奏，我欢快地走过地下通道。昔日那116级台阶仿佛变成了音乐节拍下的踏板，不再让人感觉漫长。

猛然间，竟然感觉自己心情好了许多——原来，真的可以境由心生。

2022年6月1日刊于《厦门日报》城市副刊

带着一把草去远行

　　暖暖的午后，外甥的膝头上放着他酣睡的奶娃，只见他轻轻地捏着那小白葱般娇嫩的手指，小心翼翼地为他剪着指甲。我急急走过去，很想制止他，却怕一不小心，指甲刀会划伤奶娃。

　　外甥抬头看我一脸焦灼的样子，轻声问："姨，你有啥事？"我叹了口气，说："唉，我本想阻止你给娃剪指甲，他睡着了，你不能动他的……"外甥没听完，就笑出了声，"哎哟，我的亲姨呀，你还是读书人呢，咋跟外婆一样！"

　　外甥的外婆就是我的母亲。母亲规矩很多，细到生活中的每个环节。她不准我们踩门槛，说这是房子的肩膀，不能踩，只能跨过去；她不准我们敲碗，说乞丐才敲碗；她不准我们把头伸到碗里吃饭，因为只有小猪才会把嘴伸碗里；若吃饭时有人来，无论是谁，都要为他盛上一碗；不能让猫儿上灶，同样，小黑狗在我们吃饭时也不可能得到一根肉骨头，虽然我们看不得它满是请求的眼神屡屡想偷偷丢给它，可每次都被母亲用"眼刀"阻止了……

　　最搞笑的是，每次我要出远门，临走前，母亲总是急匆匆地跑到门前的草丛中，折几根草，强行塞进我的口袋，搞得我莫名其妙。母亲说："就带着吧，这是家乡的草，会保你平安的。"

　　我一开始很抗拒，很想把那把莫名小草从口袋里掏出来扔掉，却被严厉禁止，只好哭笑不得地带着一把草去旅行。

　　儿子长大后，每次回老家要离开时，母亲也要往他的口袋里塞一两根她精挑细选的草，儿子以为外婆在跟他做游戏，乖乖地任外婆在他的口袋里塞草。

那天，儿子要出远门，他的外婆不在身边。我把所有的东西打包好，该叮嘱的话说完，儿子很好奇地歪着头，问我："妈妈，你是不是忘了什么？""什么？""妈妈，你忘了往我口袋里塞一两根草哇……"

　　出远门要往口袋里塞草，这是什么风俗呀？我去网上一查，原来还真有这风俗。只是放的东西不一样。据说，放绿草的意思是，"你是红花，一路有绿叶陪伴"；放红糕和苹果的意思是"高高兴兴出门、平平安安回家"。

　　我想，大概得等我的外甥，长得像我一样老时，他才会明白母亲说的那些规矩。因为在老一辈人的眼里，灶有灶神、门有门神、床有"床母"……自然，家乡的草会牵引着我们、保护着我们踏上陌生之地，即使游历万水千山，仍知道自己的根在哪里。

　　感谢老天赐给我一个规矩多的母亲，她的所有教养来自土地。那里，万物有灵、万物有序。

2023年1月19日刊于《厦门日报》城市副刊

宠猫爬灶，宠儿不孝

小时候，老家用的是柴火灶，在灶台后，锅与烟囱之间，有一个小小的角落，那儿太窄，根本放不了什么东西，但由于柴火烧完，会有余温，那儿总是特别温暖。因此，家里的小花猫总喜欢躺在那里，享受温暖。

母亲平时很喜欢小花猫，因为有它在，老鼠就不会来我们家了。

但是，一看到小花猫躺在灶台上，无论何时，母亲总是会立刻呵斥它，把它赶跑。

我们姐弟实在不解，这地儿挺好哇，也没人跟猫争，为啥不让猫待着呢？母亲平时可是很疼爱小花猫的，可呵斥驱赶它时，又很执着，不把它赶走绝不罢休。

有一次我实在忍不住，就问母亲。

她说："是没人跟它争。可这不是它该待的地方。是猫就该尽猫的职责，太宠了，它就爬上灶台，灶上温暖，它不挪窝、不运动，就变成肥猫，哪里跑得过老鼠？灶上啥吃的都有，猫轻而易举就能得到好吃的，它哪有动力去捉老鼠？我赶它，是为它好，这样它才不会丢了捉老鼠的本领。我们任由猫爬上灶台，不是爱它，是害它。古人常说，宠猫爬灶，宠儿不孝。宠儿也是一样，不教他规矩，不帮他掌握生存的本领，一味地满足他的需求，这根本是害他，让他以后凭啥立足于社会？"

宠猫爬灶，宠儿不孝，此话真不假。唯有鞭策而不是溺爱，才能帮助所爱的人走得更远。

2022年12月9日刊于《厦门日报》城市副刊

附 录

叶玉环获奖情况（摘录）

《将温暖覆盖到每一寸土地》在2022年"百姓心中的社会主义现代化——厦门大学习大讨论"活动主题征文中获优秀奖。（中共厦门市委宣传部、厦门日报社，2022）

《"厦门号"带来的启迪》在2022年纪念"厦门号"远航美洲100周年——"鹭岛再扬帆"厦门涉海故事征文活动中荣获三等奖。（厦门市海洋发展局、福建省闽南文化研究会、厦门日报社、厦门蓝海行文化产业股份有限公司，2022）

《希望和梦想从那里生长》获"逐梦集美新城"优秀奖。（集美区委宣传部、厦门日报社、集美区宣传事务中心，2022）

《我的邻居变"阔"了》获翔安征文三等奖。（2022）

《一湾春水共潮生》在2021年"我与特区共成长——百姓眼中的厦门经济特区建设40周年"主题征文中荣获三等奖。（中共厦门市委宣传部、厦门日报社）

《岁月烟火》在"庆祝改革开放40周年——燃气改变生活"主题征文活动中荣获优秀奖。（厦门华润燃气有限公司、厦门网，2019）

《挖掘新内涵　发扬新魅力　发挥新作用——新时代学习陈嘉庚精神的思考》在2018年"学习新思想　奋力新作为"理论征文活动中荣获优秀奖。（集美区宣传部、集美区社科联、厦门日报社，2019）

《面对有伤痕的"苹果"》在"我身边的助残好故事"主题征文

活动中荣获二等奖。（厦门市残疾人联合会、厦门晚报社，2018）

《难忘露天电影》荣获第28届金鸡百花电影节配套活动"约会老电影——情缘老电影"征文比赛三等奖。（厦门市老龄工作委员会）

《从湖里出发》在"奋进新时代 爱拼才会赢"征文中荣获优秀奖。（中共湖里区委宣传部、厦门晚报社，2018）

《充分发挥女性魅力 积极构建和谐社会》获厦门市妇女理论研讨优秀论文三等奖。（2012）

撰写的党建论文获全国"鄂尔多斯杯党建论文"优秀奖。

撰写的小微企业专项论文获厦门市社科论文青年奖项并入选"厦门智库"。

撰写的社区党建论文获思明区党建论文一等奖。

撰写的妇女专项论文获省妇联论文优秀奖、市妇联论文三等奖。

《伊是阮厝边》入选《厦门市优秀作品选》散文卷。